KB028911

저와 함께 뉴욕의 매력에 푹 빠지실 수 있길요 :)

Haru 하루 드림

뉴욕에
살고 있습니다

유튜버 하루데이가 기록한
낭만적인 도시 풍경

뉴욕에 살고 있습니다

글과 사진 _하루

상상출판

prologue

뉴욕은 필연이었다

싱가포르에서 뉴욕으로 향하는 장장 18시간의 비행 동안 나는 한숨도 자지 못했다. 그토록 많은 나라를 이동하며 살았거늘, 이번만큼은 이상하게도 내내 가슴이 쿵쾅거려 뜬눈으로 밤을 지새웠다. 해외 살이 10년 차, 이런 설렘은 정말 오랜만이었다. 하긴 그럴 만도 했다. 무려 1년 반 동안 속수무책으로 기다려 일궈낸 뉴욕행이었다. 3년간 살았던 싱가포르를 떠나야겠다고 다짐했을 때, 세계지도 안에서 우리가 다음 목적지로 가리킨 곳은 단 한 곳, 뉴욕이었다.

당시 수많은 선택지 중에서 왜 그토록 뉴욕에 집착했는지는 사실 아직도 잘 모르겠다. 영화나 미드를 보며 동경하던 도시, 그런 뻔한 이유만으로는 잘 설명이 되지 않았다. 그저 막연하게 뉴욕에 가면 왠지 특별한 일상이 기다리고 있을 것만 같았다. 30대를 바라보고 있던 그때, 뉴욕이 아니면 안 될 것 같다는 이유 없는 강한 끌림을 느꼈다. 그리고 그건 정답이었다.

뉴욕살이를 시작하던 당시, 나는 인생의 큰 전환점을 맞았다. 앞만 보고 열심히 달리다가 일을 잠시 그만두고 공백기를 가지게 된 것이다. 계획에 없던 일이라 다소 당황했지만, 이참에 푹 쉬며 인생을 재정비할 수 있다는 생각에 처음엔 오히려 반가웠다. 하지만 정작 아무런 스케줄이 없는 텅 빈 하루를 매일 마주하는 건 생각보다 쉽지 않았다. 하필이면 우리가 뉴욕에 도착했을 때는 칼바람이 휘몰아치던 황량한 겨울이었다. 아는 사람 하나 없는 낯선 타지에서 나 혼자 고립되어가는 듯한 극심한 외로움을 겪었다. 일을 할 땐 순식간에 흘러가던 하루가 또 왜 이리 길게만 느껴지던지, 이 낯선 환경 속에서 어떻게 일상을 꾸려가야 할지 그저 막막하기만 했다.

그런 먹먹한 마음을 달래려 시작한 건 바로 '걷기'였다. 뭘 해야 할지도, 어디를 가야 할지도 모를 땐 그저 무턱대고 뉴욕의 거리를 걸었다. 목적지도 정하지 않은 채 정처 없이 걷고 또 걸었다. 24시간 어딜 가도 사람들로 북적이는 뉴욕이기에 그저 인파 속을 걷는 것만으로도 쓸쓸했던 마음이 조금은 위로가 되었다. 그렇게 매일 걷다 보니 이내 따스한 봄이 찾아왔고 그토록 생경했던 이 도시도 조금씩 익숙해지기 시작했다. 마음의 여유가 생기니 처음엔 잘 보이지 않았던 뉴욕의 풍경이 하나둘씩 눈에 들어오기 시작했다.

그 후 뉴욕의 매력에 푹 빠지게 되기까지는 긴 시간이 걸리지 않았다. 이곳에 오기 전부터 직감했던 것처럼 역시 뉴욕은 특별했다. 여태껏 세계의 굵직한 대도시에서 살아오며 수많은 나라를 여행했지만 뉴욕은 남달랐다. 이 작은 섬, 맨해튼 안에서 이렇게나 다채로운 세상을 만날 수 있다니. 한 블록만 건너도 동네의 분위기가 휙휙 바뀌는 거리는 그저 걷는 것만으로도 꼭 여러 도시를 여행하는 듯한 기분이 들었다.

먼저 눈에 들어온 건 단연 이 도시의 화려함이었다. 어떤 분야에서든 세계 최고를 찾을 수 있는 도시. 어딜 가도 그 유명한 명품들을 직접 만날 수 있을뿐더러 브로드웨이 뮤지컬, 메트로폴리탄 미술관, 링컨센터 등 세계 최고 수준의 문화생활을 즐길 수 있고, 내로라하는 셰프들의 레스토랑이 동네 도처에 널려있는 곳. 거기에 1년 내내 관광객들을 유혹하는 유명한 명소들과 굵직굵직한 이벤트들까지. 처음 이곳에 왔을 때 뭘 해야 할지 모르겠다며 고민하던 게 무색할 정도로 뉴욕은 정말 볼거리, 먹거리, 즐길 거리가 넘쳐나는 도시였다. 하지만 번쩍번쩍 빛나는 화려함에 시선을 빼앗긴 건 잠시, 내가 이 도시를 사랑하게 된 건 그 화려함 뒷면에 숨어있는 뉴욕 사람들의 소박한 일상을 발견하면서부터다.

관광객들이 몰려오기 전 아침의 센트럴파크는 동네 주민들이 산책하다가 모여 담소를 나누는 만남의 광장이 되었고, 지하철이든 슈퍼마켓이든 항상 반려견과 함께하는 뉴요커들을 위해 거리에는 어디든 강아지 물그릇이 놓여있었다. 주말 아침, 거대한 엠파이어 스테이트 빌딩이 코앞에 보이는 야외 장에선 추리닝 차림으로 신선한 채소를 고르는 소박한 뉴요커들을 볼 수 있었고, 허름해 보이는 구멍가게 '델리'에서는 운이 좋다면 선반 위에서 쿨쿨 낮잠을 자는 고양이를 만날 수 있었다. 그저 화려하게만 보이던 이 도시도 결국 나 같이 평범한 사람들이 살아가는 곳이구나, 그렇게 생각하니 어딘지 모르게 위로가 되었다.

거기에 뉴욕 출신의 사람을 만나는 일이 손에 꼽을 정도로 세계 곳곳에서 몰려든 다양한 출신의 사람들이 살고 있다는 사실 또한 나에게 큰 매력으로 다가왔다. 온 도시가 이방인들로 넘쳐나니 나 같이 뉴욕에 막 입성한 외국인마저 소외된 이방인이 아닌 내 모습 그대로 당당히 살 수 있는 곳. 직장이나 학교처럼 소속감을 느낄 수 있는 곳이 없었던 내게 이 점은 더욱더 큰 위로가 되었다.

그렇게 겉면의 화려함만 보이던 이방인에서 조금씩 그 안의 진짜 뉴욕을 바라볼 수 있는 생활인이 되기까지, 뉴욕에서 보낸 4년은 정말이지 하루도 심심할 틈이 없었다. 물론 고작 4년을 산 내가 현지인 그러니까 진짜 뉴요커가 됐다고 말하기엔 조금 쑥스럽지만, 뉴욕에 대한 사랑과 열정만큼은 그 어떤 뉴요커보다 넘쳐난다고 자신할 수 있다.

뉴욕에서 살아온 지난 4년 동안 참 많은 일이 있었다. 처음 뉴욕에 도착해 낯선 도시를 방황하던 시간을 지나 다시 일을 시작하고, 앞날이 막막했던 팬데믹의 시기를 거쳐서 이제는 새 생명을 품고 출산을 앞두고 있다. 그런 수많은 변화 속에서도 뉴욕은 끊임없이 볼거리가 넘쳐났고, 덕분에 힘든 시간 속에서도 항상 긍정적인 자극을 받으며 매 순간 즐길 수 있었다. 아기가 태어나면 또 다른 세상이 펼쳐질 걸 알기에 부모로서 만나는 뉴욕의 모습은 어떨지 걱정 반 기대 반이다. 그래서 출산을 앞둔 지금, 여태껏 내가 사랑했던 뉴욕의 이야기를 정리할 수 있는 시간이 주어진 것에 감사한다. 비록 내 개인의 취향이 듬뿍 담긴 '뉴욕을 향한 짝사랑 고백'에 가까운 이야기지만 관광책에서는 잘 찾을 수 없는, 이방인과 현지인 사이에서 바라본 뉴욕의 풍경이 독자들에게도 잘 전해지기를 바랄 뿐이다.

'프랑스 양반'은 프랑스인인 남편을 칭하는 별명. 유튜브 영상에서 이 별명을 쓰기 시작하면서 많은 구독자분이 '프랑스 양반'이라고 불러주시기에 책에서도 별명을 그대로 쓰기로 했다. 비록 '양반'의 뜻을 잘 이해 못하는 듯하지만, 남편 본인도 마음에 쏙 든다고 한다.

contents

SEVILLA RESTAU
SEVILLA RESTAURANT

#01

뉴욕에서 집 구하기

WOLF
PAPER
&
TWINE CO.
680 6th Ave
W 20 St
RIDGEWAY DINER
ATM

여러 나라를 옮겨 살면서 집을 구하는 건 항상 막막했지만, 뉴욕만큼 골칫거리인 곳은 없었다. 비싸기로 악명 높은 집세에서 일단 절망. 하지만 뉴욕에 오기 바로 전에 살았던 싱가포르 역시 이곳 못지않게 비싼 집세를 자랑하는 나라여서 비용에 대한 충격은 생각만큼 크지 않았다. 문제는 마음에 드는 집을 찾는 것이었다. 아니, 정확히 말하자면 내가 원하는 최상의 조건을 찾는 게 아니라, 최악을 피해 차악次惡을 선택하는 게임이랄까.

뉴욕에 워낙 낙후된 건물이 많다고 들어서 각오는 했지만, 이 정도일 줄은 몰랐다. 물론 경제력이 뒷받침된다면 새 건물과 넓은 평수, 인기 있는 동네까지 선택의 폭은 넓다. 우리처럼 한정된 액수로 밀당을 해야 하는 사람이 곤란할 뿐이다. 뭐, 그거야 전 세계 어딜 가도 통하는 진리겠지만 말이다.

뉴욕의 건물은 여태껏 살았던 도시들과는 뭔가 달랐다. 뭐랄까, 기본부터가 제대로 갖춰지질 않았다. 너무나 당연하다고 여겼던 것들이 당연하지 않은, 그야말로 야생 속 아파트라고나 할까. 마치 차를 사러 갔는데 어디 박물관에서나 볼 법한 옛 문물들을 놓고 고르는 기분이었다. 에어컨도 없고, 버튼식 창문이 아니라 손잡이로 돌돌 돌려서 여닫는 차들 말이다. 뉴욕도 동네에 따라 건물 상태와 집세가 천차만별이기 때문에 내 경험은 맨해튼 안에서도 특히 센트럴파크 주변의 아파트를 구했을 때에 한한다는 걸 미리 말해둔다. 그

것도 지극히 평균적인 예산 안에서.

일단 이곳의 건물들은 연세가 굉장히 지긋하시다. 물론 최신 아파트도 여기저기 우후죽순으로 지어지고 있지만 우리 같은 서민에게는 언감생심. 1970~1980년대에 지어진 건물들은 오래된 건물로 치지도 않는다. 1900년대 초반에 지어졌다고 해야 '오, 좀 오래됐는데?'라는 취급을 받는 정도다. 재밌는 건 이렇게 아주 오래된 건물들은 프리워 빌딩Prewar Building이라고 해서 클래식한 디자인과 고풍스러움으로 오히려 이곳 사람들에게 인기가 많다. 물론 높은 천장이나 역사와 전통이 느껴지는 내부는 우리가 봐도 참 예쁘다. 하지만 현대식 아파트에만 살아온 우리에게는 낭만적이라기보다 그저 낡고 오래된 집일 뿐이다.

그렇다 보니 대부분의 건물에는 집 안에 세탁기가 없다. 부동산 직원이 이 아파트는 건물 안에 공용 세탁소가 있으니 안심하라며 대단한 장점처럼 홍보하는데, 처음엔 귀를 의심했다.

'설마. 내가 잘못 들었겠지.'

반신반의하며 "아니, 세탁이야 집 안에서 하면 되죠"라고 하자 직원은 내가 뉴욕 초짜라는 걸 눈치챈 듯 슬쩍 비웃으며 말했다.

"집 안에 세탁기가 없을뿐더러 설치 자체를 못 해요. 건물 설계가 그렇게 되어 있어서."

"네?! 그럼 빨래를 할 때마다 지하까지 빨래 더미를 들고 왔다 갔다 해야 한다는 거예요?"

황당한 표정으로 되물었지만, 직원은 뭘 놀라냐는 듯 무표정으로 고개를 끄덕였다. '그렇게는 못 살지!'라는 마음에 다른 아파트를 알아보았지만, 세탁기가 설치된 집의 집세를 보고는 마지못해 수긍할 수밖에 없었다. '그래, 건물 안에라도 세탁기가 있어서 다행이야. 오르락내리락 운동도 되고 좋겠는걸?'이라고 애써 스스로를 위로하며 말이다.

그나마 에어컨은 세탁기에 비해 나았다. 1970~1980년대 이후에 지어진 건물은 일단 집 안에 자체 에어컨이 있기는 했다. 물론 우리나라의 현대식 에어컨을 생각하면 안 된다. 소리는 지하철만큼 우렁찬데 바람은 지하철 에어컨보다 훨씬 형편없다. 겨우 땀만 식힐 정도의 성능이지만 그래도 이 정도면 감사하다. 조금 더 오래된 아파트에는 매해 겨울만 되면 창문에 간이식 에어컨을 직접 설치해야 하는데, 이게 보통 일이 아니다. 설치 비용도 만만치 않을뿐더러 간이식이다 보니 성능도 시원찮다. 다행히 뉴욕의 겨울이 워낙 추워서 난방 시설은 그나마 사정이 조금 나았다. 물론 우리나라 같은 바닥 난방은 초호화 고급 시설이라 상상도 못 한다. 여기선 무조건 건조하고 뜨끈한 바람이 나오는 히터다.

뉴욕은 대부분 건물 내부를 가로지르는 파이프를 통해 증기로 난방을 해결한다. 그래서 히터를 굳이 틀지 않아도 벽 내부에서 흐르는 증기 덕분에 춥다는 생각이 별로 안 든다. 대신 온도를 직접 조절하지는 못하기에 웃긴 상황도 종종 발생한다. 내 친구는 파이프가 너무 뜨거워져서 한겨울에도 창문을 여는 아날로그 방식으로 집 온도를 조절하기도 했다.

이 외에도 삐걱거리는 바닥이나 좀처럼 이해하기 어려운 삐딱한 내부 구조 등 놀란 것이 한둘이 아니다. 그래도 이젠 적응이 됐는지 그 정도는 너그럽게 눈감고 넘어가는 수준에 이르렀다. 사람은 역시 적응의 동물이다. 처음엔 비싼 집세까지 내며 이런 곳에서 어떻게 살아야 하나 걱정했는데 지내보니 이젠 그럭저럭 살 만하다. 무거운 빨래 더미를 들고 오르락내리락할 때마다 한 번씩 울컥하곤 하지만 그럴 땐 건물 안에라도 세탁기가 있어서 얼마나 다행이냐며 마음을 다스린다.

꼭 몰래 뉴욕 흉을 본 것 같아 마음이 찜찜하니 칭찬도 좀 해보자면, 뉴욕이라서 좋은 점도 있다. 그건 바로 렌트비에 수도비와 난방비가 포함되어 있다는 것. 그래서 매달 내는 고지서에는 가스비와 전기세만 추가된다. 안 그래도 집세가 비싸니 그것만으로도 감사할 따름이다. 게다가 코로나 시대 이후로 새롭게 건의된 법안에 따르면 10가구 이상의 임대 건물은 인터넷도 무료로 제공한다니 반가운 소식이 아닐 수 없다.

사실 우리가 생각하는 뉴욕 아파트의 가장 좋은 점은 따로 있다. 비싼 집세로 최악의 아파트를 경험했으니 이제 어느 나라를 가든 이보다는 싸고 좋지 않겠냐는 것. 물론 웃으며 이렇게 말할 때마다 정작 내 속은 타 들어가지만 말이다.

Tip

뉴욕에서 아파트를 구할 때 소소한 팁

신학기가 시작되는 9월을 앞둔 6~8월에 렌트비가 가장 비싸고 매물이 별로 없다. 그 시기는 되도록 피하는 게 좋다. 렌트비가 가장 저렴할 때는 사람들의 이동이 그나마 적은 연말연시. 시기에 따라, 매물 수에 따라 가끔 1년 계약에 한 달 무료와 같은 할인을 제공하기도 하니 꼭 물어볼 것.

Coffee Labs
ROASTERS
Coffee Labs
Coffee Labs
ROASTERS
TAHINI
CHOCOLATE
CHIP
BUTTER
COOKIE
COOKIE
teapigs
teapigs
teapigs
teapigs
teapigs
teapigs
teapigs

#02

나만의 뉴욕 커피숍 탐방기

Weather Report
Why So Many Mothers Feel Like Failures
Giving New Life to Old Fur
Centrists, Speak Up!

커피가 이렇게 맛있는 음료라는 걸 뉴욕 덕분에 알게 되었다. 사실 커피의 깊은 맛을 깨닫게 되는 나이대에 들어섰기 때문일 수도 있지만, 그 시점이 뉴욕에 와서부터였으니 뉴욕 덕분인 셈이다. 이곳에 오기 전까지 나에게 커피는 그저 친목 활동의 부속품이나 마찬가지였다. 친구들과 만나서 밥을 먹고 나면 으레 커피숍으로 향하곤 했으니까.

뉴욕에서 커피숍에 가기 시작한 건 아이러니하게도 정반대의 이유에서였다. 말 그대로 친구가 없어서. 막 이사 와서 아는 사람, 만날 사람이 단 한 명도 없던 시절이었다. 집에 혼자만 있긴 지겨우니 어디라도 가고 싶은데 커피숍이라면 그나마 편하게 혼자 갈 수 있을 것 같았다. 그렇게 조금은 쓸쓸하게 나의 뉴욕 커피숍 탐방이 시작되었다.

예전에 친목을 도모하러 커피숍에 갔을 때는 자릿값으로 아무 음료나 대충 시켰지만, 혼자 있다 보니 점차 메뉴가 눈에 들어왔다. 커피가 쓰다는 이유로 우유를 듬뿍 넣은 라테만 먹던 내가 카푸치노, 코르타도, 플랫화이트, 마키아토 등 여러 종류의 커피를 마셔보며 비교하는 재미를 알게 되었다. 심지어 저 사약 같은 걸 왜 돈 내고 마시냐며 고개를 절레절레 흔들던 에스프레소에까지 도전했다(커피의 쓴맛을 견디지 못하고 결국 다시 우유가 듬뿍 들어간 라테에 정착한 건 비밀이다). 아무튼, 나는 그렇게 서서히 뉴욕의 커피 문화에 눈을 떴다.

뉴욕에서 커피 한 잔을 시키려면 생각보다 많은 질문이 따라온다. 먼저 사이즈를 정하고, 핫 혹은 아이스 중에 하나를 선택하고, 우유가 들어간 메뉴를 시킨다면 어떤 우유를 넣을 건지 골라야 한다. 우유면 우유지, 어떤 우유라니? 조심스레 물어보자 직원은 기다렸다는 듯 속사포로 답변을 쏟아냈다.

"일반Regular, 저지방Low Fat 2%, 저지방Low Fat 1%, 무지방Skim, 반반Half and Half, 아몬드Almond, 귀리Oat, 두유Soy…."

오호-. 추임새를 넣으며 호기심을 장착한 눈으로 고개를 끄덕여 봐도 그 속사포의 긴 답변을 한 번에 머릿속에 입력하는 건 무리였다. 초반에는 아무리 반복해 들어도 결국 제일 만만한 일반을 시키기 일쑤였지만 조금씩 경험치가 쌓이면서 이것저것 다양한 우유를 시도해 보기 시작했다. 그러자 그 맛을 비교하는 게 일종의 재미로 다가왔다. 그저 복잡해 보이기만 하던 커피 메뉴 고르기였는데 오히려 선택지가 많아 즐거워지기 시작한 것이다.

말은 이렇게 해도 사실 커피에 관해서라면 난 아직 초보 수준, '커알못'이다. 뉴욕에서 탄생한 커피 로스터만 해도 스무 곳이 넘는다던데, 내게 "그 집 커피 맛은 어땠어?"라고 묻는다면 '신맛, 탄 맛, 고소한 맛' 중 하나에 동그라미를 칠 수 있는 수준일 뿐이다.

그렇다고 그동안의 뉴욕 커피숍 탐방에 아예 수확이 없었던 건 아니다. 커피 맛을 구별 못한다면 나만의 방식으로 평가하면 된다. 그건 바로 커피숍의 분위기. 다양한 커피 로스터 브랜드와 각기 다른 동네의 커피숍을 찾아다니기 시작하면서 나름 나만의 '뉴욕 커피숍 지도'가 그려지기 시작했다.

예를 들어, 뉴욕 커피의 대표 격인 '데보시온Devocion'은 누가 봐도 '내가 힙스터요'를 표방하는 곳. 깔끔하면서 자유분방한 인테리어가 특징으로 젊은 디지털 노마드족들이 노트북에 코를 박고 일하는 모습을 흔히 볼 수 있다. 그에 비해 '파트너스Partners'는 햇살이 잘 드는 야외 벤치가 꾸며져 있는 곳으로 반려견과 동네 산책을 하다 잠깐 들러 커피 한잔 즐기는 뉴요커의 모습을 심심찮게 볼 수 있다. 같은 커피숍 브랜드라도 동네에 따라 그 분위기는 또 판이하다. 뉴욕대 근처의 이스트 빌리지에서는 후드티를 입고 전공 서적을 잔뜩 쌓아놓은 채 공부하는 이른바 '카공족'이 많고, 뉴욕의 대표적인 부촌, 어퍼 이스트 사이드에서는 유난히 백발의 어르신들이 자주 보인다. 누가 봐도 한때 어느 회사의 회장님이었을 것처럼 고급스러운 차림새에 슬쩍슬쩍 자꾸 눈이 간다.

그렇게 나만의 '뉴욕 커피숍 지도'가 하나둘씩 그려지면서 그토록 낯설기만 했던 뉴욕도 어느새 점점 익숙한 곳이 되어갔다. 그저 혼자 있기 싫어 드나들기 시작한 커피숍에서 타지 생활의 외로움을

THE LAST POETS
Stevie Wonder
LUDLOW
COFFEE
SUPPLY
DRIP 275
ESPRESSO 325
AMERICANO 325
MACCHIATO 350
CORTADO 375
CAPPUCCINO 375
FLAT WHITE 375
LATTE 4
COLD BREW 4
CHAI LATTE 4
TURMERIC LATTE 4
MATCHA LATTE 5
HOT CHOCOLATE 4
TEA 3
*LUDLOW SIGNATURE
BOURBON VANILL
MOCHA
MAPLE
SALTED CARAME
VIETNAMESE ICE
COFFEE
ICED
MILK ALT
SOY
ALMOND
MACADAMIA
OAT
WIFI LUDLOWCOFFEESUPPLY
PASSWORD - LUDLOW176

위로받았고 뉴욕이 어떤 곳인지, 이곳 사람들은 어떤 생활을 하는지 단편적으로나마 조금씩 알게 되었다. 그동안 내가 생각해 온 것처럼 '차가운 도시'라는 이미지와 달리 뉴욕도 결국 사람 사는 따뜻한 곳이라는 걸 새삼 느낄 수 있었다.

아무리 바쁜 아침에도 뒤에 오는 사람을 위해 항상 문을 잡고 기다려주는 배려라든지, 내 키의 반만 한 거대한 반려견이 들어와도 다들 하나같이 미소를 지으며 예뻐하는 모습을 보면서 멀게만 느껴지던 뉴요커들이 어느덧 다정한 이웃으로 다가오기 시작했다(물론 어디에나 진상은 있다는 불변의 법칙은 이곳에도 적용되지만). 그리고 뉴욕살이가 길어질수록 나도 그들의 일상을 엿보던 이방인에서 그들처럼 이곳에서 일상을 꾸려나가는 생활인이 되어갔다.

아침에 커피 한 잔을 마시며 뉴욕 타임스 신문을 읽는 풍경, 조깅을 마치고 운동복 차림으로 커피와 함께 숨을 고르는 풍경, 양지바른 창가 자리에서 노트북 키보드를 두드리며 커피를 홀짝이는 풍경, 아늑한 조명이 비추는 구석 자리에서 조용히 종이 책장을 넘기는 풍경. 어느 영화 속 한 장면에서나 볼 법한, 무척이나 동경하던 뉴욕의 풍경 속에 어느새 내가 주인공으로 등장하고 있었다(고백하건대 아침에 신문을 읽는 풍경은 약간의 허세가 가미된 것이다. 온라인으로도 충분히 읽을 수 있는 걸 굳이 종이로 구독한 이유는 바로 커피숍에서의 이런 풍경을 연출하기 위해서였던 것. 다행히도 '뉴요커뽕(?)'에 취해 있던 중2병 시기는 무난히 지나가고 지

ELSEWHERE
HOT
COLD
SPECIAL
drip
pour over
espresso
cappuccino
hot chocolate
tea
flavored latte
cold brew
iced americano
iced latte
iced tea
sparkling
matcha latte
london fog
maple latte
EXTRA
MAPLE LATTE
TIP

금은 온라인 신문을 구독하고 있다).

뉴욕살이 4년 차가 된 지금, 나의 '뉴욕 커피숍 지도'는 이제 빈 공간을 찾기가 힘들 정도로 빽빽하다. 화장실의 유무나 청소 상태가 깔끔한지, 콘센트가 많이 있는지, 음악 소리가 큰지, 테이블 크기가 콩알만 하진 않은지, 오래 앉아있기에 편한 의자가 있는지, 햇살이 잘 들어오는 창가 자리가 있는지 등등 4년 동안 터득한 깨알 같은 정보들은 내 뉴욕 생활의 소중한 보물이다. 누군가에게 타지 생활 적응의 지표는 현지 친구의 수도 될 수 있고, 방문해 본 식당의 수가 될 수도 있겠다. 나에게 그 지표는 커피숍이다. 현지인들의 생활을 엿볼 수 있고 또 점차 그들과 동기화되는 과정을 몸소 느낄 수 있는 곳. 그래서 뉴욕에 여행 오는 사람들에게 자신 있게 추천한다. 커피숍에 꼭 가보라고. 단순히 쉬어가기 위한 게 아니라 일상 속 진짜 뉴욕을 보기 위해서 말이다.

될 수 있으면 관광객들에게 인기 있는 곳보다 별 볼 일 없어 보여도 주택가에 위치한 작은 동네 커피숍을 추천한다. 커피 한 잔을 시켜놓고 느긋하게 그저 커피숍 안을 관찰하는 것만으로도 생각보다 재밌는 경험을 할 수 있을 것이다. 기왕이면 창가 자리에 앉아 바깥 거리 구경도 하면 좋겠다.

실연을 당한 영화 속 주인공처럼 가련한 분위기를 내고 싶다면 비 오는 날을 추천한다. 여유가 된다면 마음에 드는 동네 서너 군데를 정해 각기 다른 커피숍을 가보는 것도 재밌을 것이다. 길만 건너도 갑자기 분위기가 훅 바뀌는 뉴욕이니 커피숍의 풍경도 꼭 다른 도시로 이동한 것만큼이나 다를 것이다. 거기에 혹시 약간의 허세 정도는 마다치 않는다면, 그리고 뉴욕 생활을 쭉 동경해 왔다면 근처 가판대에서 뉴욕 타임스 종이 신문을 사 가는 것도 좋겠다. 기사의 내용이 뭔지 몰라도 페이지를 넘기는 것만으로 뉴욕뽕(?)은 배가 될 것이다. 혹시 또 모르지 않나. 여유 있게 신문을 펼치는 모습을 보고 누가 당신을 뉴요커, 부러운 선망의 대상으로 지켜보고 있을지.

Tip

카페 vs. 커피숍

우리나라에선 커피 마시는 곳을 '커피숍'보다 '카페'라 부르곤 한다. 하지만 뉴욕을 포함한 대부분의 서양권 나라에서 카페란 커피 외에도 음식, 술을 파는 레스토랑의 성격이 강하다. 물론 아침이나 오후 늦게라면 커피와 간단한 디저트를 즐기는 사람들을 볼 수 있지만, 점심 혹은 저녁 시간에는 제대로 된 식사를 하러 오는 사람들이 대부분이다. 이걸 알고서도 가끔 예전 습관이 나와 커피를 마실 요량으로 '카페'를 검색하곤 하는데, 막상 가보면 다들 거대한 잔칫상을 앞에 두고 식사를 하고 있어 당황한 적이 한두 번이 아니다.

#03

뉴욕이 특별한 이유,
센트럴파크

뉴욕에 사는 내내 스스로 가장 잘했다고 칭찬하는 게 있다면, 센트럴파크 근처에 아파트를 구한 것이다. 처음에는 잘 와닿지 않았다. 이곳에 살고 있다는 게 얼마나 축복과 같은 행운인지. 뉴욕에 온 지 4년이 지난 지금 뉴욕에서 가장 좋아하는 장소를 꼽으라면 단연 센트럴파크다. 집 말고 가장 시간을 많이 보낸 곳도 센트럴파크, 뉴욕을 떠나면 가장 그리워할 곳도 센트럴파크. 벌써 4년째 그야말로 일편단심 센트럴파크를 짝사랑하고 있다.

굳이 말하지 않아도 센트럴파크는 명실상부 뉴욕을 대표하는 장소다. 맨해튼의 거의 절반을 차지하는 규모는 우리나라 올림픽공원의 두 배 이상이라고 하니, 비싼 노른자 땅에 이 정도 크기의 공원이 건재하다는 사실이 아직도 잘 믿기지 않는다. 큰 규모도 그렇지만 센트럴파크가 특별한 건 공원을 따라 뉴욕을 대표하는 고층 빌딩들이 나란히 줄 서있다는 점이다. 세계에서 가장 바쁘다는 도시와 평화롭기 그지없는 자연의 대비가 이상하리만치 조화롭게 느껴지는 건 왜일까. 숨 가쁘게 바쁜 도시 속에서 살아 숨 쉬는 거대한 오아시스 같다.

그래서일까? 센트럴파크를 중간에 두고 오른쪽에는 어퍼 이스트 사이드, 왼쪽에는 어퍼 웨스트 사이드라는 뉴욕 최고의 부촌이 형성되어 있다. 비록 우린 부촌이 아닌 그 아래 어두운 그림자 속에 살고 있지만, 그래도 센트럴파크 근처에 산다는 건 정말 큰 축복이다.

나는 매일, 아니 하루에 몇 번이라도 이 거대한 공원을 찾곤 한다. 산책을 하거나, 피크닉을 하거나, 일광욕을 하거나, 꽃놀이를 하거나. 누가 보면 우리 집 뒷마당이라도 되는 듯 시도 때도 없이 들락날락한다. 그만큼 센트럴파크는 내 일상 깊숙이 자리 잡았다. 계절에 따라, 날씨에 따라 매번 다른 얼굴을 보여주지만 내가 가장 좋아하는 모습은 단연 이른 아침의 풍경이다. 아직 관광객들이 몰려들기 전 한적한 시간. 그때의 센트럴파크는 철저히 동네 사람들의 전유물이 되어 화려한 관광 스폿이 아닌 일상의 소박한 얼굴을 보여준다. 잠이 덜 깬 채로 강아지와 산책을 하거나 이른 아침부터 열심히 조깅을 하며 하루를 시작하는 동네 뉴요커들과 함께 걸으며 나도 이제 정말 이 도시의 일원이구나, 라고 실감한다.

계절마다 바뀌는 풍경의 아름다움 역시 놓쳐선 안 된다. 대부분의 사람들이 '센트럴파크' 하면 노랗게 단풍이 진 가을을 떠올리겠지만 어느 계절 하나 빠뜨릴 수 없다. 거리를 한가득 메우는 분홍빛 목련과 새하얀 벚꽃이 공원을 뒤덮는 봄이 지나가면, 곳곳에서 들려오는 라이브 연주와 함께 하나둘씩 옷을 벗어젖히고 일광욕을 하는 사람들이 여름이 왔다는 신호를 알린다. 여름 내내 진행되는 야외 영화 상영과 셰익스피어의 공연으로 뜨겁게 달아오르는 한여름 밤은 뉴욕 필하모닉의 야외 공연과 함께 절정에 이른다.

사람들의 옷차림이 반소매에서 긴소매로 바뀌고 나무색이 변하기 시작하면 그토록 많은 사람들이 동경하는 뉴욕의 가을이 시작된다. 그야말로 온 세상이 노란색과 주황색으로 뒤덮이는 황홀한 가을의 절정을 지나면 어느새 바스락거리는 낙엽이 발에 밟히기 시작한다. 발가벗은 황량한 겨울나무를 보며 쓸쓸해지려던 찰나, 별안간 눈이 펑펑 내리며 새하얀 겨울왕국이 나타나 다시 또 눈을 즐겁게 해준다. 정말이지 어느 계절 하나 놓칠 게 없다.

하루가 다르게 색다른 모습을 보여주는 풍경을 놓치지 않으려 틈이 날 때마다 센트럴파크를 걷는다. 날씨가 좋을 땐 콧노래를 흥얼거리며 찬란한 햇빛을 만끽하고, 비가 내릴 땐 우산 위로 톡톡 떨어지는 빗방울 소리를 들으며 비에 젖은 진한 흙냄새를 즐긴다. 특히 삭막한 도시 생활에 지치거나 긴 타지 생활에 외로움이 사무쳐 올 때는 그저 센트럴파크를 혼자 걷는 것만으로도 큰 위로를 받는다.

공원 안에 놓인 벤치에는 뉴요커들의 사연이 새겨진 동판이 붙어있다. 대부분 이 세상을 떠난 가족이나 지인을 기리는 문구로, 그 사람에 대한 그리움과 사랑이 가득 담긴 글이다. 마음이 답답할 때면 센트럴파크의 벤치를 따라 걸으며 동판의 문구를 읽는다. 하나하나 읽고 있자면 꽁꽁 얼어있던 내 마음도 어느 순간 녹아내린다. 그리움을 담은 문구 외에도 프러포즈 혹은 아기의 탄생과 같이 특별한

날을 기념하는 문구, 나처럼 답답한 마음을 가진 사람들에게 건네는 위로의 문구, 사랑하는 사람에게 보내는 러브레터 등 뉴요커들이 남긴 다양한 사연을 읽는 것만으로도 마음이 훈훈해지곤 한다.

센트럴파크의 소중함은 코로나 시대에 더 빛을 발했다. 집 바로 앞을 나가는 것조차 조심스러운 시기에 이 거대한 공원이 집 앞에 있어 얼마나 다행이었는지 모른다. 한 치 앞도 보이지 않아 막막하기만 했던 그 시절, 센트럴파크 안에서만큼은 사람들과 부딪칠 걱정 없이 상쾌한 바깥 공기를 즐기는 여유를 누렸다. 그야말로 숨통이 탁 트이는 순간이었다.

프랑스 양반과 나는 약속했다. 뉴욕에서의 마지막 날은 꼭 센트럴파크 건너편의 호텔에 묵으며 온종일 이 공원을 마음껏 즐기자고. 매일같이 걸으며 나눴던 대화들과 시시각각 변하던 다양한 풍경, 우리를 미소 짓게 하던 동네 강아지들까지 다시금 되새기며 마지막 날을 보내자고. 우리에겐 그 어떤 곳보다 소중한 추억이 담긴 장소니까 말이다.

Tip

센트럴파크에 담긴 뉴요커들의 삶의 흔적

센트럴파크 안에는 9,000개가 넘는 벤치가 있는데, 10,000달러 이상을 기부하면 누구라도 자신이 원하는 문구를 새겨 넣은 동판을 붙일 수 있다. 최대 30자 길이의 문구를 넣을 수 있고 한번 기부한 동판은 평생 그 자리에 남게 된다.

#04

깊고 심오한
그들만의 문화, 팁

EFFREY'S

뉴욕 아니 미국에 살면서 참 유별나다고 느낀 관습이 몇 가지 있는데, 그중 적응하느라 가장 애를 먹은 건 팁 문화다(정확히 말하자면 가장 애를 먹은 건 미터법이 아니라 파운드, 인치, 화씨 등의 도량형을 사용하는 점 때문이지만, 머릿속이 이미 포화상태라 매번 버벅거리다가 스마트폰을 이용하고 있으니 이건 열외로 한다). 사실 미국에 살기 전부터 익히 들어왔고 영화나 드라마에서도 많이 봐왔던 장면이기에 딱히 대수롭지 않게 여긴 게 사실이다. '식당에서 다 먹고 돈 좀 남기고 가면 되는 거 아닌가?'라는 안이한 생각이었다.

하지만 그건 나의 오산이었다. 사람 속은 알면 알수록 더 모른다는 말이 있지 않던가. 나에겐 미국의 팁 문화가 딱 그랬다. 살면 살수록 더 아리송하고 헷갈렸다. '총 금액의 몇 퍼센트'와 같은 단순한 수학 공식이 아니다. 장소와 상황에 따라 재빠르게 임기응변하는 민첩함, 그리고 상대방과의 밀당을 예리하게 주도하는 심리적 기술마저 요구하는 심오하고 난해한 그들만의 세계였다.

팁 문화를 가장 흔하게 접하는 건 식당에서 식사를 할 때다. 뉴욕에서는 정말 불쾌한 경험을 한 게 아니라면, 관례상 먹은 가격의 15~25% 정도의 팁을 남기는 게 상식으로 통한다. 아니, 본업이 손님 접대라면 손님에게 친절한 것은 당연지사인데, 왜 우리가 웃돈을 얹어줘야 하지? 싶은 마음에 아직도 가끔 억울하지만 그래, 여기선 다 그렇게 한다니까, 게다가 아예 팁을 염두에 둔 탓에 시급 자체가 낮다니까…. 그렇게 이해를 할 수밖에(라고 해도 역시 고용주가 임금 책임을 손님에게 떠민다는 인상을 지울 수 없다).

뉴욕 생활 초반엔 주문한 음식 가격보다 더 많은 돈을 내야 하는 게 참 적응이 안 됐는데, 이제는 '이렇게 시키면 대충 얼마로 뻥튀기(?)돼서 내야겠구나'라며 어느 정도 감이 잡힌다. 처음엔 어딘지 억울한 마음도 들었지만 이젠 그냥 메뉴판 속 숨겨진 가격이겠거니 하고 자포자기하게 되었다. 하지만 뉴욕에 살면 살수록, 더 자주 외식을 하면 할수록 이 팁 문화가 그렇게 호락호락하지 않다는 것을 깨달았다.

테이크아웃만 해도 그렇다. 대부분의 커피숍에선 계산대에 설치된 태블릿에서 메뉴를 고르고 직접 결제를 하게 되어있다. 신용카드를 넣으면 태블릿은 자동으로 다음 화면으로 넘어간다. '얼마의 팁을 내시겠어요?'라는 질문과 함께 18%, 20%, 22% 그리고 팁 없음(No Tip), 네 개의 버튼이 표시된다. 단순히 커피 한 잔만 사서 나가려던 나는 당황하고 말았다. 아니, 달랑 커피 한 잔을 받아서 가는데도 팁을 줘야 한다고? 내가 무슨 서비스를 받았다고?! 아무리 로마에 왔으면 로마법을 따르라지만 이건 아니다. 나름대로 저항을 하기로 했다. 'No Tip을 당당히 눌러주겠어!'라며 버튼에 손가락을 대려는데, 그날따라 태블릿 화면이 왜 이리 거대해 보이던지. 게다가 다른 버튼보다 'No Tip' 버튼은 또 왜 이리 큰 건지? 이 정도면 저 긴 줄 끝에 서있는 사람마저 내가 'No Tip'을 누르는 게 보일 지경이다! 꼭 모두가 '쯧쯧. 저 짠순이'라며 나를 째려보는 것 같아 어찌나 뒤통수가 따가웠는지 모른다. 그렇게 혼자 망상의 꼬리를 물며 'No Tip'에 손가락을 댔던 그날은 굉장한 용기가 필요했다(지금은 초반의 억울했던 시기를 지나 마음을 비우고 항상 팁을 주고 있다).

식당이 아닌 곳은 또 어떤가. 뉴욕에 도착해 집을 구하고 드디어 가구를 들이던 날, 배달과 함께 조립 서비스도 신청했다. 건장한 아저씨 네 명이 힘을 합치니 침대며 책장이며 순식간에 뚝딱 완성되었다. 조립 비용이라는 명목하에 가구 가격의 거의 절반에 달하는 비용을 내야 했지만 그래도 역시 신청하길 잘했다며 혼자 뿌듯해하던 중이었다. 그런데 가구가 다 완성되고 아저씨들이 집을 나갈 때가 다가오자 집 안에는 왠지 모를 묘한 기류가 흐르기 시작했다. 고맙다는 인사까지 마쳤으니 이제 남은 건 하나, 현관문을 열고 나가면 되는데 이 어색한 침묵은 뭐지? 그때 내 머릿속을 스쳐간 것이 있으니, 그건 바로 팁! 당황한 얼굴로 남편에게 속삭였다.

"세상에, 팁을 줘야 하나 봐!"

어색한 침묵을 깨고 부랴부랴 아저씨들에게 팁을 건네는데 왜 이리 속이 쓰리던지. 이럴 거면 조립 비용이라도 좀 저렴하게 해주시든가요….

미용실에서도 팁 문화는 나를 징글맞게 따라다녔다. 처음 예약을 하는데 "팁을 현금으로 주시면 세금을 면제해드립니다"라는 안내를 받았다. 미용실에서도 팁을 내야 한다는 사실에 1차로 놀랐고, 대놓고 현금을 내도록 유도하는 태도에 또다시 놀랐다. 하지만 이렇게 미리 안내를 해주는 게 차라리 나았다. 안 그랬음 또 무방비 상태로 허겁지겁 팁을 내며 뉴욕 생활 초보 티를 팍팍 낼 뻔했으니까.

집을 구해 막 이사를 마친 12월. 이사를 한 지 얼마 되지 않아 현관문 틈으로 종이 한 장이 빼꼼 날라왔다. '메리 크리스마스' 문구와 함께 아파트 건물 직원들의 이름과 사진이 담긴 안내문이었다. 어쩜, 우리가 이사 온 걸 어떻게 알고 이렇게 친절하게 편지를 줬을까 감동하려던 찰나, 맨 밑에 쓰인 작은 문구가 눈에 들어왔다.

'연말을 맞아 직원들에게 감사의 표시를 보내고 싶은 분들을 위한 안내입니다.'

그 말이 잘 이해가 가지 않아 몇 번을 읽고서야 깨달았다. 아, 우리를 위한 편지가 아니구나. '감사의 표시', 그러니까 팁을 내라는 안내구나. 그런데 우린 이사 온 지 일주일도 채 지나지 않았는데? 감사를 할 만한 건더기가 있어야 감사의 표시를 전하든가 하지. 게다가 무려 15명이나 되는 직원에게 다 주려면 도대체 얼마가 깨지는 건가 머리가 아파왔다. 이쯤 되니 팁이라는 단어만 들어도 노이로제에 걸릴 것 같았다.

Spectrum

THREE
LIVES
& Co.

인생에 항상 볕 드는 날만 있는 게 아니듯, 식당에서 불쾌한 경험을 하는 날도 어김없이 생기기 마련이다. 안타깝지만 나에게도 그런 날이 찾아왔다. 음식도 엉망이었지만 누가 봐도 인종차별을 떠올릴 만한 불쾌한 서비스였다. 책임자를 불러 알릴까 고민하다가 조용히 나만의 방법으로 항의하기로 했다. 팁 3달러. 먹은 음식의 5%도 안 되는 금액이었다.

가게를 나서려는데 종업원이 팁이 너무 적다며 나를 불러세웠다. 꼭 나에게 '너 되게 쪼잔하다'라고 동네방네 소문이라도 낼 기세로 아주 당당하게 말이다. 적반하장의 태도에 어이가 없었다. 사실대로 서비스가 너무 엉망이었다고 말하고는 가게를 나왔는데, 통쾌하기는커녕 불편한 마음이 썩 가시질 않았다.

'그래도 팁으로 먹고사는 사람일 텐데 너무 적은 팁을 준 건 아닐까? 하지만 그런 서비스에 돈을 더 준다는 것 자체가 말이 안 돼.'

죄책감과 정당함 사이에서 갈팡질팡하던 나는 나중에서야 친구들을 통해 알게 되었다. 여기선 아무리 불쾌한 서비스를 받았다 하더라도 책임자를 불러 호소했으면 했지, 팁은 최소 10%는 주는 게 관례라는 것을. 그러자 그 종업원이 그런 서비스를 하고도 당당하게 팁을 더 달라고 요구했던 게 조금은 이해가 갔다(물론 아직도 괘씸하지만). 다행히 그날 이후로 불쾌한 서비스를 경험한 적은 아직 없지만, 불만이 있으면 팁으로 표현하기보다 이곳의 방식대로 직접 말을 하거나 책임자에게 알려야겠다고 다짐했다.

이런 좌충우돌의 시기를 거치며, 사람과 직접 대면하며 받는 서비스는 무조건 팁을 내야 한다고 생각했다. 하지만 또 다 그런 것만은 아니었다. 인터넷 모뎀을 설치하러 온 직원에게 팁을 건네자 팁은 됐다며 쿨하게 사양하고 떠나기도 했다. 꾸준히 사람들을 관찰하고 지인들에게 물어보기도 했지만, 팁 문화에 딱 잘라 말할 수 있는 정답은 없었다. 예를 들어 아파트 직원에게는 팁을 따로 주지 않는 사람도 있었고, 자주 보는 직원에게만 준다는 사람도 있었다. 팁의 양도 사람마다 천차만별이었다. 그러니 더 답답한 노릇이었다. 차라리 깔끔하게 규칙이 정해져 있다면 덜 헷갈릴 것을. 아니, 아예 '뉴욕에서는 이러이러한 서비스를 받을 때 팁을 내는 게 관례입니다'라고 주정부에서 지침을 내려주면 얼마나 속이 시원할까. 이건 무슨, 매번 팁을 두고 눈치 게임을 해야 하는 꼴이었다.

그렇다면 뉴욕 생활 4년 차가 된 지금은? 결과부터 말하자면 눈치 게임에서 완벽하게 패배했다. 그냥 웬만한 상황에서는 팁을 넉넉히 주는 걸로 처참하게 항복기를 들어버렸다. 가끔 속이 쓰리긴 해도, 눈치 보느라 스트레스 받을 바엔 그냥 속 편하게 돈을 내는 게 낫다고 생각한다. 내 정신 건강을 위한 비용이랄까. 또 지금은 팬데믹의 여파로 힘든 시기를 보냈을 사람들을 응원하고 싶은 마음이 크기에,

팁을 주는 게 아깝지 않다. 15%에서 시작한 팁이 팬데믹 이후 슬며시 20%로 상향된 게 살짝 거슬리기는 하지만. 눈을 꾹 감고 다시 한번 마음을 다스린다. 내 정신 건강을 위한 비용이야. 암, 그렇고 말고.

HÀ NỘI
Soup Shop
VIETNAMESE COUNTER
115 St. Marks Place
www.hanoisoupshop.com

#05

눈만 마주치면 시작되는 그것,
스몰 토크

BRYANT PARK
BRYANT PARK

뉴욕에 대한 나의 첫인상은 어딜 가나 사람들이 참 수다스럽다는 것이었다. 도착한 지 얼마 안 돼 분명 아는 사람도 없는데, 어찌 된 일인지 난 항상 어디서나 수다를 떨고 있었다. 은행 계좌를 열러 갔을 때도, 가구를 사러 갔을 때도, 거리를 구경하다 잠시 쉬러 공원 벤치에 앉았을 때도, 집으로 돌아가려고 엘리베이터를 탔을 때도 어김없이 누군가와 대화를 하는 나를 발견했다. 그렇다고 별 대단한 이야기를 나누는 건 아니었다. 눈이 마주치면 반사적으로 나오는 'How are you?'부터 시작해 날씨가 좋지 않냐, 뉴욕이 마음에 드냐, 한국은 얼마나 머냐 등등 별 시답지 않은 말을 늘어놓다가 'Have a good day' 'You, too'로 시답지 않게 마무리 짓는 잡담이 대부분이었다. 사실 그런 상황이 어색했다기보다는 올 것이 왔다는 기분이었다. 드디어 나도 겪어보는구나. 소문만 무성했던 미국의 오픈 마인드 문화, 바로 스몰 토크!

낯선 사람들과 자연스레 잡담을 즐기는 문화가 처음은 아니다. 오래전 호주에서 공부할 때도 수없이 겪어온 일상이었다. 단지 그때는 처음 겪는 해외 생활에 영어마저 서툴러 '자연스러운' 잡담이 아니라 '그저 피하고 싶은' 상황이었을 뿐. 하지만 지금은 다르다. 나름 해외 생활의 고참이 되기도 했고 영어도 많이 늘었다. 어차피 아는 사람도 없어 외로운데 언제 어디서나 친절하게 말을 걸어주니 나로선 오히려 땡큐다.

이렇게 마음에 여유가 생기자 스몰 토크 문화가 점차 흥미롭게 느껴졌다. 호주 사람들도 참 수다스럽다고 느꼈는데 미국의 스몰 토크는 그보다 업그레이드된, 다른 차원의 것이었다. 공통점이라곤 하나도 없을 낯선 사람에게 어쩜 그렇게 스스럼없이 말을 건네는지. 가끔은 감탄이 나올 지경이다.

물건을 계산하는 찰나에 "어머, 그 티셔츠 정말 예쁘다, 잘 어울려"라고 칭찬한다든가, 공원에 앉아 폰을 보다 내려놓는 순간 "스마트폰 카메라가 대단한걸, 사진 찍는 걸 좋아하나 봐?"라고 말을 건넨다든가(그럴 만도 한 게 내 스마트폰은 잠자리 왕눈이만 한 카메라 렌즈가 5개 달려 있다), 채혈하는 동안에도 간호사는 "이번 긴 연휴 때 무슨 계획 있어? 난 이번에도 예약을 못 해 다 너무 비싸졌지 뭐야"라며 시시콜콜한 잡담을 시도한다. 다시 보지도 않을 사람과 어쩜 이렇게 별별 대화를 나눌 수 있는 건지. 그들의 경계심 없는 오픈 마인드도, 항상 대화거리를 바로 떠올리는 참신함도 대단하다고 느낄 뿐이다.

여기저기서 허를 찔리는 대화에 익숙해지기를 벌써 4년, 나도 이젠 낯선 이에게 먼저 다가가 스몰 토크를 시작할 만큼 이 문화에 완벽히 적응했다. 한번 익숙해지니 이젠 낯선 사람과 한 공간에 있는데도 서로 아무런 말이 없을 때의 고요한 분위기가 그렇게 어색할 수

new
york is
always a
good
idea

easter

가 없다. 그 정적을 못 견뎌 결국 한마디씩 건네고 마는 걸 보면 나도 이제 여기 사람이 다 된 건가… 라고 자신 있게 말하고 싶지만 사실 아직도 적응을 못 한 게 있다. 그건 바로 과대한 리액션!

뭐만 했다 하면 'Amazing! Excellent! Awesome! Fantastic!'을 외쳐대는 이곳 사람들의 흥 넘치는 리액션만큼은 차마 못 따라가겠다. 최근에 물건을 사면서 계산대의 직원과 이야기를 나눈 적이 있다. 뉴욕에 산 지 얼마나 됐느냐길래 4년이라고 하자 "Oh, that's so wonderful(우와 정말 멋지다)!"이라고 눈을 동그랗게 뜨며 반응해 주는 것이 아닌가. 그게 그리 대단한 건가 싶어 머리를 긁적이며 "그럼 넌 뉴욕에 산 지 얼마나 됐어?"라고 물어봤더니 돌아온 답이 글쎄, 자긴 뉴욕에서 나고 자랐단다. 평생 뉴욕에 살았으면서 4년을 산 내게 원더풀이라니. 그럼 난 도대체 어떤 반응을 해줘야 하는 거야? 할 말을 잃은 채 떨떠름하게 "That's even more wonderful(그게 더 멋진 거 같은데)?!"이라고 대충 얼버무리며 자리를 피하고 말았다.

아마 그 사람은 내가 어떤 답을 했든 간에 별생각 없이 항상 하던 대로 반응해준 걸 텐데, 아직도 이런 리액션엔 어떻게 대응해야 할지 어색하기만 하다. 시니컬한 것보단 이렇게 흥나게 긍정적인 반응을 해주는 게 차라리 고맙기는 하다만, 정말 별거 아닌 일에도 너무 대단하다며 야단법석을 떠는 모습을 보고 있자면 그저 신기하기만 하다. 어렸을 때부터 쭉 그런 반응들만 보고 자라서 저렇게 과대한 리액션이 자연스럽게 나오는 걸까? 그렇게 생각하면 난 아마 진정한 뉴요커가 되기는 그른 것 같다. 그건 시니컬의 대명사라 불리는 프랑스에서 나고 자란 프랑스 양반도 마찬가지. 아직도 'Awesome! Amazing!'을 들을 때마다 시답지 않은 일에 뭘 야단법석이냐며 매번 구시렁거리는 얼굴을 보고 있자면 아마 우리는 평생 이곳에서 이방인으로 살아갈 것만 같은 예감이 든다.

미국에서도 차갑고 불친절하다는 뉴욕이 이 정도인데 더 자유분방하고 친절하다는 서부는 도대체 어떨지 감히 상상도 안 된다. 그러니 그나마 다행이다. 우리가 미국의 다른 곳도 아닌 그.나.마. 덜 친절한 뉴욕에 있다는 사실이.

Tip

스몰 토크에 자신이 없다면

스몰 토크에 걸리지(?) 않는 가장 확실한 방법은 상대방과 눈을 마주치지 않는 것! 제한된 공간에서 서로 눈을 마주친다면 안타깝게도 미소를 띤 표정과 함께 스몰 토크가 시작될 확률이 높다.
만약 영어에 자신이 없는 경우, "Can you repeat that again(다시 한번 말해주겠어요)?" 혹은 "Can you speak slowly(천천히 말해주시겠어요)?"라고 말한다면 대부분 친절하게 다시 천천히 말해줄 것이다. 말하고 있는 주제를 잘 모를 경우, "I'm new here(저 여기가 처음이라서요)" 혹은 "I'm visiting New York(뉴욕을 방문 중이에요)"이라고 한다면 금세 어디서 왔냐며 당신이 대답할 수 있는 이야기로 주제를 바꿀 것이다. 스몰 토크를 시작할 정도의 사람이라면 아무리 영어가 어눌해도 대부분 친절하게 맞장구를 쳐줄 테니 너무 걱정하지 말 것. 가끔 예상치도 못하게 훅 치고 들어오지만 당황하지 말고 기왕이면 스몰 토크를 나눠보는 경험을 꼭 해보길 바란다. 자신감이 붙었을 때는 눈을 동그랗게 뜨고 "Oh, really(어머, 정말요)?"라든가 "That's so great(정말 대단하네요)!" 같은 흥 넘치는 리액션도 곁들인다면 금상첨화!

#06

어디에서 왔나요?

외국에 살고 있지만 스스로가 외국인으로 느껴지지 않는 곳, 뉴욕. 써놓고 보니 좀 이상하지만 정말 그렇다. 여태껏 살아왔던 나라들과 비교해 보면 뉴욕에서는 내가 외국인이라고 느낀 적이 딱히 없다. 나는 한국 국적을 가지고 한국에서 쭉 살아온 사람이니 분명 외국인인데 도대체 왜일까? 이유는 단순하다. 뉴욕에 널리고 널린 게 외국인이기 때문이다. 하도 외국인이 많다 보니 내가 튀어 보이는 일이 별로 없는 것이다.

사실 외국인이란 단어를 쓰는 게 살짝 조심스럽다. 외국인은 단순히 국적이 다른 사람들을 뜻하는 게 강하니까. 아마 '뉴욕 외 출신' 사람들이라고 말하는 게 더 정확하겠지만, 편의상 외국인이라고 쓰도록 하겠다.

전 세계에서 온갖 사람들이 몰려오는 곳이다 보니 '넌 외국인이구나'라고 선을 긋는 것 자체가 좀 우스운 일이다. 특히 이민자 출신 사람들이 많기 때문에 이런 대화는 더욱 꺼려진다. 겉모습이 다르다고 해서, 억양이 강한 영어를 구사한다고 해서 외국인이라고 단정 짓는다면 매우 큰 실례가 될지 모른다. 그건 인종차별과 직결되는 굉장히 민감한 주제이다. 그래서인지 다른 나라에선 숱하게 들어왔던 "어디에서 왔나요?"란 질문을 뉴욕에선 거의 들어본 적이 없다. 누가 봐도 네이티브가 아닌 영어를 구사하고, 미국 생활의 초짜라는

게 금방 들통나도 누구 하나 나에게 '그 질문'을 시원하게 한 적이 없다. 나야말로 외국인에 이방인 그 자체이니 '그 질문'을 받는다고 해서 상처를 받을 일은 없는데도 말이다.

하지만 아무리 '그 질문'을 하지 않더라도 사람 심리는 다 거기서 거기라고, 이곳 출신이 아니라는 걸 눈치챈 이상 내가 어디서 왔는지 궁금해하는 건 모두 비슷했다. 대신 직접적으로 '그 질문'을 하기보다 빙 돌려서 물어보곤 했다. 그럴 때마다 자주 나오는 단골 질문은 '뉴욕에 오기 전에 어디 다른 곳에 산 적이 있나요?'이다. 여기서도 '미국'이 아닌 '뉴욕'을 콕 집어 이야기하는 게 재밌다. 내가 미국 사람이 아니라는 가정 자체가 실례일 수 있으니 그렇게 표현하는 것이다.

만약 대화 도중에 영어 표현이 잘 떠오르지 않아 물어보면, 상대방은 "그럼 너의 모국어는 뭐야?"라고 되묻곤 했다. 모국어를 묻긴 했지만 누가 봐도 내 출신을 묻는 것이었다. 그중에서도 '그 질문'에 가장 근접했던 건 '그 귀여운 억양은 어디서 얻었어?'였다. 푸근한 인상의 아주머니가 친근하게 물어본 거라 그저 웃고 넘어갔지만 사실 이 질문을 받았을 땐 조금 놀랐다. 아무리 영어가 어눌하고 억양이 강하더라도 상대방의 발음을 지적하는 건 여기선 굉장히 민감한 사안이기 때문이다.

그래서 가끔은 아예 내 쪽에서 '난 미국 사람이 아닌 외국인이다!'라고 노골적으로 표현한다. '미국의 이런 점은 적응이 안 돼'라든가 '미국의 이런 점이 새롭더라'라든가. 그런 때도 내가 들은 질문은 '여기 살기 전엔 그럼 어디에 살았어요?'였다. '어디에서 왔나요?'란 질문은 《해리 포터》의 '볼드모트'처럼 차마 입에 올릴 수 없는 말이었다. 뉴요커들은 '그 질문'을 절대 입 밖으로 내뱉지 않는다. 그렇다고 어디에서 왔냐는 말을 한 번도 듣지 않은 건 아니다. 100%의 확률로 '그 질문'을 한 사람은 나와 마찬가지인 외국인이었을 뿐.

재밌는 점은, 나와 다르게 프랑스 양반은 오히려 '그 질문'을 정말 많이 받는다는 것이다. 식당에서 주문을 하다가도, 공원에서 스몰 토크를 나눌 때도, 심지어는 콜센터에 전화를 해도 시도 때도 없이 사람들은 남편의 출신을 궁금해한다. 그것도 직접적으로 '그 질문'을 서슴없이 하면서.

그의 강한 프랑스 억양을 듣는 순간 대부분 그가 프랑스인임을 직감하고 꼭 한마디씩 건넨다. "저기, 혹시 어디에서 왔나요?" 조금 돌려 말할 땐 "혹시 그 억양은 어디에서 왔나요?" 그리고 '난 프랑스 사람이다'라는 답이 나오자마자 탄성이 쏟아져 나온다. "나 프랑스를 정말 좋아해요!" "프랑스어를 꼭 공부하고 싶어요!" "파리에 가는 게 소원이에요!"라며.

그 콧대 높은 뉴요커들이 이렇게 한순간에 자존심을 내팽개치

WAY
THE END OF HISTORY

고 사생팬이라도 된 듯 열광하는 모습을 보면 좀 우습다가도 살짝 씁쓸한 기분이 든다. 나에게는 실례라고 생각되는 '그 질문'을 남편에게는 아무 거리낌 없이 할 수 있다는 건 무슨 뜻일까. 자신들이 우러러보는, 흠모하는 '프랑스' 사람이기에 출신을 묻는 게 차별이 아니라고 생각하는 걸까? 의식을 했든 안 했든 뉴요커들이 우리 둘을 대할 때의 이 극명한 대비가 썩 달갑지만은 않다.

그럼에도 '그 질문'이 금기시되는 이 문화가 싫지는 않다. 이방인과 비(非)이방인, 너와 나, 너네와 우리. 이렇게 딱 선을 긋지 않고 누구든 각자의 모습 그대로 받아들이는 사회가 그렇지 않은 곳보다 사는 데 훨씬 수월하기 때문이다. 사실 출신, 국적이 그렇게 중요할까? 사람은 결국 모두 다르기 마련이다. 출신이라는 표면적인 껍데기만 보고 그 사람을 판단하기보다 있는 그대로 받아들이는 게 더 중요하지 않을까?

이렇게 거창하게 말은 했지만 나도 상대방의 출신이 궁금한 적이 한두 번이 아니다. 그럴 때 가장 쉽고 자연스럽게 그 궁금증을 해결하는 질문을 터득했다. 그건 바로, "Are you from New York(당신은 뉴욕 출신인가요)?"

Tip

덧붙이자면

이건 철저히 내 개인적인 경험이니 '뉴욕은 이렇다!'라고 단정 짓는 건 곤란하다. 직접적으로 어디에서 왔냐고 묻는 사람도 분명 있을 것이다. 그렇지만 대부분 출신을 묻는 것에 대해 민감해한다는 것, 그리고 이방인이 워낙 많다 보니 사실 그다지 궁금해하지 않는다는 건 확실하다.

LICHTENSTEIN POSTERS
ORIGINAL ART
HOW TO LOVE
THE WOMEN WHO MADE NEW YORK
Staff Picks
Kate Walbert
Our Kind
Andre Perry
CAROLINA DE ROBERTIS
CANTORAS
FLIGHTS
THREADS OF LIFE
The Proposal

#07

진한 종이 냄새가 주는 즐거움,
독립서점

책을 읽는 것보다 서점에 가는 걸 더 좋아하는 사람이 있을까? 읽는 행위보다 책에 둘러싸여 진한 종이 냄새를 맡는 것만으로 그저 행복한. 적고 보니 어딘가 살짝 변태 같지만, 바로 내 이야기다. 그리고 나의 이 이상한 취향은 뉴욕에 와서부터 시작되었다.

처음 이곳에 왔을 때는 설렘을 가득 품고 매일같이 거리 곳곳을 누비고 다녔다. 동경했던 거리 풍경을 직접 마주하며 행복했던 시간도 잠시, 어딜 가도 넘치는 이 도시의 화려함에 나는 점점 압도당했고 지쳐가기 시작했다. 그때였다. 작은 가게 하나를 발견했다. 투박하기 그지없는 진초록색 차양에 화려한 미사여구 없이 그저 'BOOKS'라고 대문짝만 하게 써놓은 간판이 전부였다. 평소라면 눈에 띄지도 않았을 구멍가게인데 그날은 달랐다. 투박함은 화려한 거리 속에서 오히려 더 빛났고 꼭 나에게 들어와 쉬어가라고 손짓하는 것만 같았다.

조심스레 문을 열고 들어가니 그곳에는 바깥과는 전혀 다른 세상이 펼쳐져 있었다. 한두 명이 겨우 지나갈 만한 좁은 통로를 두고 2층 높이의 천장까지 책이 빼곡히 꽂혀 있었다. 색 바랜 낡은 책장과 택배 상자를 오려내 손글씨로 적은 표시들, 암벽타기 수준의 기다란 수직 사다리, 책장 사이에서 쿨쿨 낮잠 자는 까만 고양이까지. 마치 《해리 포터》에 나오는 '다이애건 앨리'에나 있을 법한 가게였다. 좁

WESTSIDER
BOOKS

DEX

은 통로를 이리저리 구경하며 잔뜩 쌓인 책이 뿜어내는 종이 냄새를 맡고 있자니 왠지 모르게 마음이 편해졌다. 이곳의 시간은 아주 천천히 흐르는 듯했다. 뭐든지 새롭고 화려한 줄만 알았던 뉴욕에 이런 안락한 공간이 있었다니. 삭막한 도시 속에서 새로운 오아시스를 만난 기분이었다.

그 후로 틈만 나면 거리를 거닐며 뉴욕 곳곳의 서점들을 탐색하기 시작했다. 번쩍이는 네온사인과 럭셔리 브랜드 매장들 틈에서 이런 작은 독립서점들을 하나씩 찾아내는 건 마치 보물찾기와도 같은 즐거움을 주었다. 뉴욕의 독립서점은 규모가 작은 대신 서점마다 주로 다루는 전문 분야가 있었고, 그만큼 개성도 뚜렷해서 내부를 둘러보는 것만으로도 주인의 취향을 단번에 파악할 수 있었다.

빈티지 요리책을 전문으로 다루는 서점은 할머니의 부엌에 들어온 것처럼 포근했고, 어린이 그림책을 주로 다루는 서점은 꼭 동화 속 풍경에 들어온 듯 몽환적이었다. 미스터리와 탐정물을 다루는 서점에선 아니나 다를까 두꺼운 안경을 쓰고 덥수룩한 머리를 한 주인이 구석에서 책에 코를 박고 있었다. 사회 운동 서적을 주로 다루는 서점은 주인아저씨의 난해한 펑크스타일 머리만큼이나 난잡하게 진열된 책 때문에 그저 서있는 것만으로도 정신이 혼미해졌다. 정말이지 어쩜 이렇게 다들 취향도 개성도 제각각인지. 새로운 서점에 발을

CBGB
Encyclopedia of New York

들일 때마다 오늘은 또 어떤 세계가 펼쳐질까 무척이나 설레곤 한다. 이 정도면 비록 독서는 게을리해도 서점 다니는 걸 좋아하는 나의 이상한 취향에 다들 고개를 끄덕이지 않을까?

대형서점과 아마존 같은 온라인 플랫폼이 책 시장을 장악하고 있는 요즘 같은 시대에 이렇게 많은 독립서점이 아직도 건재하다니, 굉장히 놀라운 일이다. 상상을 초월하는 뉴욕 땅값을 이런 작은 구멍가게들이 어떻게 감당할까 싶다가도, 항상 사람들로 빼곡한 걸 보면 괜한 걱정을 했나 싶기도 했다. 하지만 독립서점에 관심을 갖고 여러 기사와 자료들을 찾아보면서 뉴욕 독립서점들의 건재함은 그저 장사가 잘되어서가 아니란 걸 깨닫게 되었다.

다양한 콘텐츠로 인한 독서량의 감소, 온라인 혹은 대형서점의 시장 독점이라는 전 세계적인 출판 시장의 흐름을 뉴욕도 피해갈 수는 없었다. 그저 평화로워 보이는 독립서점의 이면에는 서점의 쇠락을 막기 위한 피땀 어린 노력이 있었다. 단지 책을 파는 공간이 아니라 다양한 행사를 열어 동네 커뮤니티의 중심이 되고자 했고, 서점의 역사를 내세운 기념품을 팔며 관광객들의 성지가 된 곳도 있었다. 가장 힙한 골목에 카페와 독특한 인테리어를 접목해 젊은이들의 취향을 저격한 서점도 있었고, 오랫동안 동네 터줏대감 역할을 하던 서점이 문을 닫자 슬퍼하던 동네 사람들이 힘을 모아 모금 기부를 한 결과 다시 개점한 경우도 있었다. 이 모든 건 혹독한 책 시장에서 살아남고자 수많은 아이디어를 고안한 독립서점과 개성 있는 동네 상점을 열렬히 지지하며 지키려고 한 뉴요커들이 있었기에 가능한 일이었다. 덕분에 나처럼 책 읽기를 게을리하는 사람조차도 여행하는 기분으로 즐겁게 서점을 다니게 되었으니 고마운 일이 아닐 수 없다.

지금도 틈만 나면 동네 서점을 기웃거린다. 그중에서도 내가 가장 좋아하는 곳은 카페를 겸하는 서점. 마음에 드는 책 한 권을 골라 커피를 홀짝이며 혼자만의 시간을 갖곤 한다. 이때만큼은 한국어로 된 전자책이 아니라 여기서 직접 산 종이책을 본다. 비록 영어로 책을 읽는 속도는 눈물나게 더디지만 그래도 마냥 좋다. 수많은 책에 둘러싸여 진득한 종이 냄새와 커피 향을 맡으며 보내는 시간은 그야말로 행복 그 자체다. 삭막한 도시 생활에서 찾은 나만의 소확행이다.

Tip

뉴욕에 왔다면 꼭 들러야 할 독립서점

웨스트사이더 레어&유즈드 북스 Westsider Rare&Used Books

Add : 2246 Broadway, New York, NY 10024

협소한 공간에 2층 높이까지 빼곡히 쌓인 책들이 인상적이다. 암벽등반 수준의 수직 사다리는 한 번쯤 이용해 보고 싶지만 아직도 용기가 나질 않는다. 운이 좋다면 이 동네의 유명인사인 까만 고양이 '피그Pig' 님을 만날 수 있을지도?

보니 슬롯닉 쿡북 Bonnie Slotnick Cookbooks

Add : 28 E 2nd St, New York, NY 10003

빈티지 요리책을 전문으로 다루는 서점. 곳곳에 장식된 오래된 주방용품과 그릇, 온화한 인상만큼이나 친절한 주인아주머니 덕분에 할머니 댁에 놀러 온 듯한 포근함이 느껴진다. 주의할 점! 사진을 찍고 싶을 땐 꼭 주인아주머니께 미리 여쭤볼 것.

북스 아 매직 Books Are Magic

Add : 225 Smith St, Brooklyn, NY 11231

개인적으로 브루클린에서 가장 좋아하는 동네, 코블 힐Cobble Hill에 위치한 서점. 아기자기한 동네 분위기처럼 파스텔 톤의 서점은 그저 구경하는 것만으로도 기분이 맑아진다. 손글씨로 정성스레 쓴 직원의 '추천 책 카드'와 가게 뒤편에 마련된 널찍한 어린이책 코너가 인상적이다.

BOOKS ARE MAGIC
NEED TO READ?
OPEN
EVERY DAY

Smith St
Eileen C Dugan
Boulevard
Butler St
Books
Are
Magic
ON WAY
ONE
Books
Are
Magic
Don't litter

57 S
et

#08

홈리스의 세계

Union Square West
E 17 St
MATTRESS

뉴욕에 산다고 하면 으레 듣는 질문이 있다.

"홈리스가 그렇게 많다는데 안전한가요?"

코로나 시대 이전과 이후로 많이 달라졌지만, 일반적인 상황에서 내 답은 "Yes and No"다. 확실히 뉴욕에는 홈리스가 많다. 특히 맨해튼 한복판에 살다 보니 골목마다 홈리스를 발견하는 건 그저 일상다반사다. 하지만 '그래서 위험하냐'고 묻는다면 사실 조금 망설일 수밖에 없다. 개인에 따라 경험도, 받아들이는 정도도 달라서 선뜻 단정 짓기 어렵다. 내 경우에 한해서 아직 위험하다는 생각이 든 적은 없다. 물론 늦은 밤 한적한 곳을 혼자 다닌다거나 위험 지역으로 알려진 동네에 간다면 이야기는 달라지겠지만, 내 생활 반경 안에서 홈리스 때문에 불편을 겪거나 위협을 느낀 적은 없었다. 홈리스도 많지만 그만큼 지나가는 사람도, 차도, 심지어 경찰도 워낙 많으니 오히려 한적한 주택가보다 안전하다고 느낄 때가 많았다. 아이러니하게도 맨해튼 한복판에 사는 게 오히려 득이 된 꼴이다. 물론 그만큼의 도시 소음은 덤이지만.

한국에서 호주, 일본, 싱가포르까지 비교적 홈리스가 적은 도시에서 살다 보니 매일같이 그들과 마주치는 이곳 풍경이 처음엔 어색하기만 했다. 어쩌다가 길에서 생활하게 됐을까, 뉴욕에 보호소가 많다는데 거긴 못 가는 걸까, 추운 겨울날엔 어디서 어떻게 버티는 걸까. 수많은 물음표가 머릿속을 맴돌았다. 그중에서도 가장 궁금했던 건 '과연 어떻게 하루하루 생계를 꾸리는가'였다.

그러다 이곳 생활에 점점 적응해 가면서 몰랐던 그들만의 세계가 하나둘 눈에 들어오기 시작했다. 쓰레기통 안에 버려진 페트병을 모아 파는 사람, 가게 앞에 서서 손님이 들어갈 때마다 문을 열어주며 팁을 요구하는 사람, 붐비는 거리에 자리를 잡고 구걸하는 사람 등 길거리 생활을 유지하는 방식도 나름 다양했다.

구걸하는 방식만 봐도 그렇다. 'Please help(도와주세요)' 같은 평범한 문구가 가장 흔하지만 'Give me money or I'm voting for Trump(돈을 주지 않으면 트럼프에게 투표할 거야)'와 같이 위트 넘치는 문구로 시선을 끌기도 한다. 'Why lie, I need money for weed(솔직히 말할게, 마리화나를 살 돈이 필요해)'라며 아예 당당한 사람도 있었다. 지하철 안에서도 홈리스들은 구걸의 기회를 놓치지 않았다. 큰 목소리로 자신의 딱한 사정을 호소하며 기부를 요구한다. 병을 치료하는데 보험이 없다거나, 학교 책을 사야 하는데 딱 5달러가 모자란다거나, 강아지를 데리고 다니며 사료값을 보태달라는 등 다들 사연도 가지각색이다.

사연이 정말 사실인지 아닌지는 모르겠지만, 모르는 사람들에게 큰 소리로 자신을 도와달라고 호소하는 모습을 볼 때면 그 용기가 참 대단하다고 느끼곤 한다. 아마 그건 나뿐만이 아닌지 꽤 많은

GIFTS LUGGAGE
KINGS
5765
NEW YORK
7 Av
57 Street Station
N Q R W

사람이 흔쾌히 지갑을 열어 그들을 도와준다. 뉴욕에 홈리스가 이렇게 많다는 사실도 놀라웠지만 그보다 더 놀라웠던 건 사람들의 반응이었다. 여태껏 내가 봐온 이곳 사람들은 예상외로 홈리스에게 관대했다. 선뜻 20달러짜리 지폐를 내주기도 하고, 음식을 갖다주거나 추운 날엔 커피를 사주는 광경도 가끔 목격했다. 특히 뉴욕의 홈리스에 익숙하지 않은 관광객들은 더 후하게 기부를 하는 듯했다. 그런 모습을 보고 있자니 왜 그들이 이 크고 복잡한 도시로 모이는 건지 조금 이해가 됐다. 한자리에 오랫동안 머무는 사람은 자주 지나다니는 행인들과 안면을 트고 안부 인사를 하기도 한다. 같은 아파트에 사는 이웃이 홈리스와 웃으며 잡담을 나누는 모습을 보고 어쩐 일인지 묻자, 이웃은 그를 '쿨 가이'라고 칭하며 종종 지나가다 이야기를 나누곤 한단다. 돈을 기부할 생각은 했어도 안면을 튼다는 건 생각도 못 해봤는데. 홈리스를 배척하거나 꺼리는 대상이 아닌 이 사회의 일부로 거리낌 없이 받아들이는 태도가 굉장히 인상적이었다.

나도 기회가 있을 때마다 홈리스에게 지갑을 열곤 한다. 대부분 지갑에 남아도는 동전을 내주는 정도지만. 그런 나를 보며 이곳에서 오래 살던 친구가 돈을 준다는 것은 결국 마약을 사는 걸 도와주는 꼴이라고 해서 고민한 적도 있다. 하지만 그들도 먹고살아야 하기에 잔돈 정도는 흔쾌히 내주고 있다.

그중에서도 절대 그냥 지나치지 않는 것은 여성 홈리스들. 안

LOW CLEARANC
W 65 ST

그래도 녹록지 않은 길거리 생활에 여자라는 이유만으로 얼마나 더 힘들지, 나로서는 감히 상상이 안 되기에 될 수 있으면 도와주려고 노력한다. 예를 들어 집 근처에 가끔 찾아오는 여성 홈리스에게 혹시 여성용품이 필요하냐고 묻자 그렇다고 하기에, 그 후로 그분을 볼 때마다 여성용품을 기부하고 있다.

여기까지 읽으면 꼭 홈리스와 우리가 평화롭게 이 도시에 공존하고 있는 것처럼 들릴지도 모르겠다. 예전까지는 그래도 '평화'에 가깝다고 말할 수 있었는데 안타깝게도 코로나 시대를 거치면서 많은 것이 바뀌어 버렸다. 전보다 더 많은 사람이 길거리로 내몰린 동시에, 행인들은 대폭 줄면서 활기 넘쳤던 뉴욕의 거리가 다소 어둡고 으슥해졌다. 거기에 아시아인을 타깃으로 한 범죄가 늘고 범인 중 대부분이 정신질환을 앓는 홈리스인 게 밝혀지면서 나 같은 아시아인은 좀처럼 마음 편히 밖에 나갈 수 없는 지경에 이르렀다.

특히 최근에 이슈가 된 **미셸 고 사건***은 나에게도 큰 충격으로 다가왔다. 한적한 곳도 아닌 타임스스퀘어역에서 선로에 떠밀려 사망하다니. 내가 정말 자주 이용하던 곳이었다. 운이 나빴으면 내가 그 사건의 주인공이 될 수도 있었다. 뉴스에서만 보던 아시아인 타깃 범죄가 피부에 와닿기 시작했다. 그 사건을 계기로 정부에서도 홈리스 관리에 더욱더 힘쓰겠다는 발표를 했지만, 불안감은 여전하다. 고작 몇 년을 산 이방인으로서 이 도시 홈리스의 복잡한 상황과

관련 정책은 잘 모른다. 그저 얼른 다시 상황이 나아져 예전처럼 맘 놓고 자유롭게 거리를 다닐 수 있기를 바랄 뿐이다.

* 2022년 1월 아시아계 여성이 지하철역에서 정신병력이 있는 노숙인에게 떠밀려 사망한 사건

SPACE
IS AREA

#09

덜 아름다운 뉴욕의 단면

앞에서 뉴욕이 얼마나 매력 있는 곳인지 찬양을 이어왔지만, 이 세상에 완벽한 것이란 없는 법. 그 진리는 뉴욕에도 예외 없이 적용된다. 뉴욕의 실체… 라고 하면 너무 심오하려나? 뉴욕의 화려한 이면에는 당연히 썩 달갑지 않은 어두운 면도 도사리고 있었다. 사람들이 '뉴욕' 하면 으레 떠올리는 그것. 그렇다. 오물과 악취, 그러니깐 쉽게 말해 **더러움**이었다.

깔끔하기로 소문난 한국 사람들이 뉴욕에 오면 꼭 빠지지 않고 하는 한마디가 있다. 왜 이렇게 도시가 더럽냐고. 난 한국에서 바로 온 것도 아니고 많은 나라를 거쳐 이곳에 왔지만 그럼에도 불구하고 뉴욕의 첫인상은 비슷했다. 특히 거리를 깨끗하게 한다고 껌조차 팔지 않는, 청결 면에서는 유별나기로 소문난 싱가포르에서 살다 왔더니 그 대비는 더 극명할 수밖에 없었다. 어딜 가도 쓰레기가 발에 치이는 것은 기본이요, 골목 곳곳에서 정체를 알 수 없는 악취가 풍겼다. 이런 곳에서 살아야 한다니, 정신이 혼미해졌다. 아무리 그토록 동경했던 도시라지만 기쁨만큼이나 걱정도 컸다.

그중에서도 가장 충격적이었던 건 역시 지하철이었다. 지상 입구에서 지하로 내려가는 순간부터 이미 눈살이 찌푸려진다. 도대체 이 시큼하고 쿰쿰한 냄새의 정체는 뭐지? 벽과 바닥은 또 왜 이리 지저분한지. 꽤 가파른 계단임에도 불구하고 손잡이를 잡을 용기가 차마 나질 않았다. 전철 선로에는 마구잡이로 쓰레기가 쌓여있었고 플랫폼에선 오물 냄새가 진동했다. 이미 충격을 받은 나에게 그 정도는 아무것도 아니라는 듯, 깜짝 서프라이즈까지 등장했다. 눈앞에서 휘리릭 재빠르게 스쳐 지나가는 묵직한 물체. 도대체 저게 뭐지?! 놀란 가슴을 쓸어내리고 있는데 옆에서 프랑스 양반이 그런다.

"방금 쥐가 지나갔어."

세상에, 쥐가 그렇게 클 수도 있다는 걸 뉴욕에 와서 처음 알았다. 이렇다 보니 뉴욕에서 지하철을 탈 땐 세심한 주의가 필요하다. 다행히 모든 지하철역이 더러운 것은 아니어서, 어느 정도 경험이 쌓이면 나름 깨끗한 지하철역을 골라 다니는 재주가 생기기도 하지만 더럽기로 소문난 역을 피할 수 없다면 당당히 정면 돌파하는 수밖에 없다.

일단 지상 입구에서 계단을 내려가는 순간부터 눈의 초점을 살짝 푼다. 시야가 흐릿해 디테일한 정보는 볼 수 없되, 눈동자를 이리저리 굴렸을 때 대충 주변에 오물이 있는지 없는지는 식별 가능할 정도로 아주 미세하게 눈동자를 조절해 가며 초점을 푸는 것이 중요하다. 특히 모서리 부분과 하수구 구멍이 있는 곳에서는 최대한 재빨리 눈을 굴려야 한다. 아주 높은 확률로 그런 곳에는 오물이 쌓여있다. 당연히 악취가 날 가능성도 크다. 입구에 들어서기 전에 숨을 잔뜩 들이마셔 최대한 숨을 참을 수 있도록 해두는 것도 하나의 방법이

GET LIT
BLACK LIGHTNING
SERIES PREMIERE
JAN 16 TUES 9P

FEEL FAMILY HERE
WHITNEY

다. 이 정도만 기억한다면 뉴욕의 악명 높은 오물과 악취를 어느 정도 피하며, 뉴욕 생활 혹은 관광의 질을 나름 높일 수 있을 것이다.

오물의 악취도 악취지만 어딜 가도 풍겨오는 정체를 알 수 없는 냄새가 내내 나를 괴롭혔다. 코를 찌르는 오물의 냄새는 아니고, 그렇다고 썩 달가운 냄새도 아니다. 썩은 시래기 같이 쿰쿰하면서도 불쾌한 냄새의 정체는 알고 보니 바로 마리화나였다. 마리화나는 담배만큼이나 거리에서 흔했다. 그 마리화나 냄새가 온 도시를 뒤덮고 있던 것이다. 조금 인적이 뜸한 골목을 걸어갈 땐 저게 과연 개똥일까 싶은, 정말이지 정체를 알고 싶지 않은 오물 덩어리를 발견하기도 했다. 그런 골목에선 어김없이 지독한 악취가 덤으로 따라왔다.

미드타운에서도 유난히 악취가 심한 곳은, 안타깝게도 코리아타운 근처다. 하필이면 코리아타운 바로 앞에 온갖 잡상인들과 홈리스가 집합해 있어서 마리화나의 고약한 냄새는 물론이고 악취마저 풍긴다. 한국인인 나로서는 그저 안타까울 뿐. 왜 하필 우리나라 골목 앞에서 그러는 거냐고 시위라도 하고 싶은 심정이다.

이렇게 쓰고 보니 도대체 여기서 어떻게 살고 있나 싶지만 그렇다고 매일같이 인상을 찌푸리며 다닌 건 아니다. 뉴욕살이 기간이 점점 길어지면서 이 악명 높은 오물과 악취를 교묘하게 피하며 1:1 대면을 최소화하는 방법을 터득했다. 오래 살다 보니 어떤 동네 혹은 골목을 피해야 하는지 점차 감이 오기 시작했다.

일단 공사를 위해 철조구조물이 설치된 곳은 웬만해선 피하는 게 상책이다. 높은 확률로 구조물 아래 구석에서 정체를 알 수 없는 오물 덩어리를 발견하기 일쑤다. 거리를 걷다가 혹여 빈 상점 앞을 지나게 되면 일단 숨을 멈추고 재빨리 걸음을 옮기는 민첩함도 필요하다. 그런 곳은 홈리스나 술에 취한 행인의 공중화장실로 쓰일 가능성이 높기 때문이다.

4년을 넘게 살아도 틈만 나면 걸려드는 게 있었으니. 거리에 반려견이 많다며 마냥 좋아하던 시간도 잠시, 반려견이 많은 만큼이나 길바닥은 개똥 천지였다. 그나마 집 근처 동네는 덜한 편이었다. 중심지에서 조금만 외곽으로 빠져나가면 길 가다 개똥을 밟는 건 우스운 일이다. 이것만큼은 그냥 답이 없다. 그나마 개똥을 잘 치우는 동네를 골라 다닐 수밖에. 그래도 결국 한 번씩 밟고 마는 건 어쩔 수 없다. 아직도 가끔 고개를 절레절레 흔들며 말하곤 한다.

"여기 살면서 길거리에서 개똥을 안 보고 지낸 날이 단 하루라도 있을까?"

4년은 개똥을 피하는 방법을 터득하기엔 터무니없이 짧은 기간인 걸까? 좀 더 오래 살다 보면 혹시 개똥마저 피할 수 있는, 이른바 '뉴욕살이의 고수'가 될 수 있는 걸까? 뉴욕에 오래 산 사람이 있다면 정말 묻고 싶다. 혹시 팁이 있나요?

WARNING:
Cigar smoking can
cause lung cancer
and heart disease.
CIGAR
WHITE CLAW
Corona

#10

구멍가게와 고양이

Rande Gerber
JULIA ROBERTS CAUGHT KISSING ANOTHER GUY!
BIOWEAPON ATTACK!
CHINA CREATED KILLER VIRUS TO DESTROY AMERICA!
ESSENC
HOW SHE CONQUERED THE WORLD
ITS LATEST SUCCESS STORY RODDY RICCH
JUICY DROP
LOLLIPOP POPPING POWDER

뉴욕 거리를 걷다 보면 금방 눈에 띄는 게 있다. 델리Deli라고 적힌 간판. 그도 그럴 게 이 델리는 거리마다, 골목마다 빠짐없이 하나씩 있다고 해도 과언이 아니다. 늦은 시간 세제가 똑 떨어졌을 때, 출출한 밤 컵라면 하나가 당길 때, 언제든지 들를 수 있는 가장 만만한 곳이 바로 델리다. 델리는 구멍가게 느낌의 모양새지만, 편의점의 역할과 가깝다고 할 수 있다. 우리나라 편의점처럼 규격화되어 있지는 않지만 간단한 식재료와 생활용품을 팔면서, 동시에 샌드위치 같은 간편한 식사도 제공하는 소규모 가게다. 아마 뉴욕의 그 어떤 곳보다 생활에 가장 밀접한 장소가 아닐까? 나도 뉴욕에 사는 내내 뻔질나게 들락날락하고 있다. 장을 보고 나서 깜빡한 우유를 사러, 마침 바닥난 고양이 사료를 사러, 출출할 때 간단한 샌드위치를 먹으러…. 델리가 없었으면 어쩔 뻔했나 싶을 정도로 하루에도 몇 번이고 찾곤 한다. '필요한 게 있는데 어딜 가야 하지?' 딱히 답이 안 나올 땐 무조건 델리에 가는 게 정답이다. 물론 필요한 걸 못 찾고 허탕을 치는 경우도 종종 있지만 사실 델리의 진짜 매력은 바로 그거다. 개인이 운영하는 작은 구멍가게라는 점. 주인이 어디 출신이냐, 그리고 어느 동네에 있느냐에 따라 가게의 분위기가 판이하다.

델리는 이민자 가족이 운영하는 경우가 많다. 그래서 동네별로 문화와 지역의 특색이 뚜렷한 퀸즈나 브루클린에 가면 가게별 개성이 한층 더 강해진다. 멕시코 출신 주인이 운영하는 델리에서는 샌드위치 대신 케사디아나 타코를 판다. 가게 안에는 아마 높은 확률로 **마리아치**Mariachi* 같은 흥겨운 멕시코 음악이 흘러나올 것이다. 인도 사람들이 주로 모여 사는 동네의 델리는 들어가자마자 진한 카레 냄새가 진동할 테고, 터키 사람들이 많은 동네에서는 케밥과 터키의 가장 대표적인 디저트, 바클라바를 팔고 있을 가능성이 크다.

들어가자마자 단번에 주인이 한국인일 것이라 짐작가는 경우도 있다. 여느 곳보다 우리나라 컵라면의 종류가 많거나, '종갓집' 김치와 '비비고' 냉동만두를 판다면 의심할 여지가 없다. 이렇다 보니 가끔 맨해튼과 떨어진 동네에 가게 되면 일부러 근처 골목의 델리에 들어가 보기도 한다. 간이 테이블에 동네 사람들이 옹기종기 모여 앉아 알아들을 수 없는 언어로 수다를 떠는 모습을 보고 있자면 꼭 다른 나라를 여행하는 듯한 착각도 든다. 화려하게만 보이는 뉴욕에서 이렇게 삶의 냄새가 진하게 나는 소박한 풍경을 찾아다니는 것은 나만의 소소한 즐거움이다.

하지만 뭐니 뭐니 해도 내가 델리를 자주 찾는 이유는 바로 그분 때문이다. 나의 뉴욕살이에 빠질 수 없는, 어마어마한 지분을 차지하고 계시는 존재, 바로 야옹님!

---

* 멕시코에서 발달한, 댄스 음악을 위한 편성 악단. 현악기에 트럼펫, 기타 따위를 섞은 것으로 풍부한 민족색을 지닌다.

SCRATCH-OFF
PLAY HERE
CLAW
BLACK CHERRY
GUINNESS
BLONDE
Modelo

제일 처음 델리에서 야옹님을 영접했던 순간은 아직도 잊히지 않는다. 좁고 붐비는 가게 안 구석 선반에서 쿨쿨 낮잠을 자고 있던 새하얀 야옹님을 발견했을 때의 기쁨이란! '이 좁은 가게에 뜬금없이 웬 고양이지?' 하고 어리둥절했지만 다른 델리에서도, 또 다른 델리에서도 야옹님들을 영접하며 그제야 알게 되었다. 대부분의 델리에서는 야옹님을 한 분씩 모시고 있다는 것을.

'델리의 고양이'는 뉴욕을 대표하는 유명인사 같은, 일명 뉴욕의 아이콘이다. 도시에 들끓는 쥐와 바퀴벌레를 막고자 고양이를 가게 안에 들인 것을 시작으로, 이제는 '보데가 캣Bodega Cat'으로 불리며 뉴욕을 상징하는 존재로 각인되었다고 한다. 평범해 보이는 구멍가게에 이렇게 사랑스러운 생물체들이 하나씩 숨어있다니, 마치 깊은 동굴에서 보석을 찾은 듯 "심 봤다!" 소리가 절로 나왔다.

그 후로 나는 틈만 나면 뉴욕 구석구석을 다니며 주변의 델리란 델리는 다 들어가 보기 시작했다. 일명 '뉴욕 야옹님 탐색 작전'이었다. 좀처럼 쉽게 얼굴을 보여주지 않는 야옹님 때문에 허탕을 친 적도 많지만, 몇 번의 고생 끝에 비로소 그 영롱한 얼굴을 영접했을 때의 짜릿함이란! 그 짜릿함에 중독되어 다시 다른 델리로 야옹님을 찾아 나서기를 반복하다 보니 어느샌가 뉴욕의 온갖 동네를 누비고 있었다.

고양이를 찾아 수많은 델리를 들락날락하며 각기 다른 가게 주인을 만나는 경험도 또 다른 즐거움이었다. 험악한 얼굴을 하고 있다가도 고양이를 만나러 왔다고 하면 한없이 밝게 웃으며 맞아주는 사람들. 거의 모든 델리 주인은 나처럼 영락없는 '냥덕후(고양이 덕후)'였다. 냥덕후끼리는 통하는 게 있다. 가게가 한가한 시간이면 야옹님 이야기부터 시작해 어떻게 뉴욕에 오게 됐는지, 뉴욕 생활은 어떤지 등등 꽤 친밀한 이야기를 나누기까지 했다. 대부분 이민자 출신이라서일까. 그들의 이야기를 듣고 있자면 왠지 모르게 마음이 편해졌다. 나만 이곳에서 외톨이 이방인이 아니란 사실에 안도감과 동지애를 동시에 느끼기도 했다.

그때쯤이었던 것 같다. 그저 낯설기만 하던 뉴욕이란 도시가 익숙한 동네처럼 느껴지기 시작한 것은. 이 소중한 경험 덕분에 《고양이가 그랬어 행복은 빈 상자 속에 있다고》라는 책까지 낼 수 있었으니, 델리와 델리에 사는 야옹님들은 나의 뉴욕살이에 그 무엇보다 소중한 존재다.

안타깝게도 아직 식품을 판매하는 곳에서 동물이 상주하는 것은 불법이라, 다들 애써 모른 척 눈감아주는 것이 현실이다. 하지만 최근 보데가 캣을 법적으로 허용할 방안을 마련하겠다는 뉴스를 접했다. 워낙 그 수도 많고 뉴요커들의 열성적인 지지와 사랑을 받는 존재임이 분명하니 언젠가 꼭 정식으로 델리의 야옹님들이 인정받는 날이 올 거라 믿는다. 그럼 나에게도 여태껏 '냥덕심'을 발휘하며 고이고이 만들어 온 '뉴욕 야옹님 탐색 지도'를 정식 출시할 날이 오지 않을까?

Tip

보데가 캣

왜 '델리 캣'이 아니라 '보데가 캣'이라 불리게 되었을까? '보데가 Bodega'는 원래 식료품 저장소를 뜻하는 스페인어 단어다. 델리는 소규모 자본으로 시작할 수 있어 이민자들에게 인기가 높았고, 이민자 중에서도 그 수가 월등히 많았던 라틴 아메리카 출신들이 장악하는 경우가 많았다. 그래서 그들이 쓰던 스페인어 단어를 따서 보데가 캣이라 불리게 되었다고 한다.

YOU
LOOK
Radishing
TODAY...
@unsqgreenmarket

#11

생활 속 뉴욕을 만나는 곳,
파머스 마켓

Vine ripe Tomatoes, ALL WINTER
Wed. & Sat. Union Square Market
Vine Ripened

MUM
$3

토요일 아침, 우리에게 특별한 일이 없는 이상 어김없이 향하는 곳이 있다. 이날만큼은 센트럴파크가 아닌 유니언 스퀘어다. 굳이 주말 아침부터 지하철을 타고 먼 동네까지 가는 이유는 단 하나. 바로 매주 토요일, 유니언 스퀘어에서 파머스 마켓이 열리기 때문이다. 뉴욕 근교의 각종 농장에서 재배한 식재료를 소비자에게 직접 파는 야외 시장으로, 유기농에 갓 수확한 신선한 제품을 팔아서 근처 동네 주민들에게 아주 인기가 좋다.

아침부터 졸린 눈을 비비며 부랴부랴 유니언 스퀘어로 향하지만 역시 금강산도 식후경. 먼저 근처 카페에서 느지막한 아침 식사를 하며 여유를 부리는 것으로 우리의 토요일은 시작된다. 배를 어느 정도 채우고 나면 산책 삼아 북적이는 마켓을 한 바퀴 쓱 돌아본다. 계절에 따라 휙휙 바뀌는 제철 채소와 과일들을 구경하고 있노라면 정말 시간 가는 줄 모른다.

싱싱한 아스파라거스, 그중에서도 새하얀 아스파라거스가 등장했다는 건 봄이 오고 있다는 신호다. 여름이 될 무렵엔 통통한 블루베리나 새빨간 딸기가 보이기 시작한다. 덥고 습한 여름의 절정엔 내가 그토록 목을 빼고 기다리던 탐스러운 복숭아가 등장하고, 수박과 포도가 점점 사라질 무렵엔 여기저기서 거대한 주황색 호박이 모습을 드러내며 핼러윈 시즌, 즉 가을이 왔음을 알린다. 자칫 쓸쓸할 수 있는 겨울엔 어김없이 따뜻한 애플 사이다와 핫 초콜릿이 등장해

당분간 파머스 마켓이 아닌 크리스마스 마켓이 열릴 것을 예고한다. 이렇게 매주 시시각각 변하는 식재료를 구경하다 보면 어떤 곳보다도 파머스 마켓에서 계절의 변화를 실감하곤 한다.

물론 구경만 하는 건 아니다. 기왕 멀리까지 왔으니 장도 본다. 일반 슈퍼마켓보다 두세 배는 비싸서 맘껏 사지는 못하지만 될 수 있으면 제철 식재료 위주로 여기서만 구할 수 있는 것들을 엄선해 사 온다. 버섯이나 베리류의 과일은 일반 슈퍼마켓과는 비교도 안 되게 싱싱해서 파머스 마켓에서 꼭 구해오는 것 중 하나다. 허브나 로메인처럼 이파리째 먹는 채소도 먼 지역에서 들여오는 슈퍼마켓의 물건보다 근처 농장의 싱싱한 것으로 먹으려고 노력한다. 1년 중 아주 잠깐 마켓에 등장하는 포도나 하얀 아스파라거스도 보일 때마다 꼭 챙겨온다. 특히 포도가 제철인 여름엔 직접 짜낸 100% 포도 주스를 같이 파는데, 무더운 날씨에 얼음물에 담가 시원해진 주스를 그 자리에서 한 병 비우면 그렇게 꿀맛일 수 없다.

그뿐만 아니라 군것질거리를 하나씩 챙겨오는 것도 소소한 재미다. 사과 농장에서는 새콤달콤한 애플 사이다와 도넛을, 직접 구운 파이를 파는 매점에서는 계절마다 다른 재료로 속을 채운 파이를 선보이곤 한다. 그중에서도 내가 절대 잊지 않고 꼭 챙기는 건 가을에만 파는 시나몬 펌킨 파이. 이걸 먹어야 비로소 핼러윈과 추수감사절 시즌이 다가왔구나, 실감하게 된다.

프랑스 양반도 이 파머스 마켓을 특별히 좋아하는데 다 이유가 있다. 바로 뉴욕에서는 흔치 않은 오리고기를 전문으로 파는 농장이 있어서다. 그 덕분에 파머스 마켓에 오면 오리고기 콩피나 리예트 같은 프랑스 가정식 재료를 쉽게 구할 수 있다.

우리가 파머스 마켓을 유난히 좋아하는 건 단순히 싱싱한 식재료 때문만은 아니다. 야외 시장에서 느껴지는 활발한 에너지는 물론이고 도회적인 빌딩 숲 아래 펼쳐지는 소박한 풍경에서 뉴요커들의 생활을 조금이나마 엿볼 수 있기 때문이다. 항상 화려하게 차려입을 것 같은 뉴요커들도 주말 아침 파머스 마켓에는 다들 편한 옷차림을 하고 온다. 어린아이들과 간식거리를 사는 가족, 바퀴가 달린 바구니를 끌며 과일을 고르는 할머니, 조깅을 끝내고 왔는지 땀 흘린 채 운동복 차림으로 장을 보는 아저씨 등 빌딩 숲에 가려져 있던 친숙한 일상의 모습을 쉽게 마주칠 수 있다. 이곳 사람들은 어떤 식재료를 사나 구경하는 것도 하나의 즐거움이다. 낯선 식재료를 집어가는 사람을 어쩌다 보게 되면 은근슬쩍 다가가 그건 어디에 쓰는 거냐고 물어보기도 한다. 매점 주인과 수다를 떨고 있는 사람들의 대화에 슬쩍 끼어들어 이야기를 나누며 신기한 레시피라든가 재료 손질 팁 같은 유용한 정보를 건질 때도 있다. 그렇게 생활감 넘치는 풍경 속

에서 같이 장을 보며 수다를 떨고 있자면 나도 이방인이 아니라 이곳 사람이 된 것 같은 착각도 든다.

거기에 반려견 구경은 덤. 장바구니에 쏙 들어가 얼굴만 빼꼼 내밀고 있거나, 정육점에서 강아지용 뼈를 발견하고 꼬리를 신나게 흔들어 대거나, 무더운 날 마켓 곳곳에 마련된 강아지 전용 물그릇을 열심히 핥고 있거나. 주인을 따라 나온 동네의 반려견들을 구경하는 것만으로도 내 얼굴엔 미소가 번진다. 그렇게 흐뭇하게 마켓 한 바퀴를 돌며 장을 보고 나면 벌써 해가 중천에 떠서 점심을 먹을 시간이다. 집으로 향하는 길엔 언제나 방금 산 재료로 맛있는 걸 해 먹고 싶은 마음에 발걸음을 재촉한다. 소소하지만 특별한 우리의 토요일 아침 루틴. 그래서 매번 주말이 기다려진다.

Cato Corner Farm
Handmade Farmstead Cheeses
Cato Corner
Handmade Farms

Tip

뉴욕의 파머스 마켓

맨해튼만 해도 이곳저곳에서 주말마다 다양한 파머스 마켓이 열린다. 그중에서도 가장 유명하고 인기가 많은 곳은 역시 유니언 스퀘어. 매주 월·수·금·토요일에 열리는데 토요일에 가장 사람이 많고 규모도 크다. 특히 토요일에는 정오가 넘어가면 인기 있는 식재료는 다 팔리는 경우가 많아서 되도록 오전에 가는 것을 추천한다. 굳이 장을 보지 않고 그저 구경하는 것만으로도 충분히 재밌으니 애플 사이다나 도넛 같은 군것질거리를 하나 사 들고 한 바퀴 둘러보길. 참, 여기선 파머스 마켓보다 '그린마켓Greenmarket'이란 명칭을 더 많이 사용한다.

RE
David Bowie
for America's
Libraries
MOTOR OI
PICASSO

#12

뉴욕의 먹거리

DELICIOSAS
CERVEZAS Y MICHELADAS
¡BIEN FRIA!
RICA Y FRESCA
VISTA HERMOSA
CLÁSICA

그렇게 동경했던 뉴욕에 오면서도 전혀 기대하지 않았던 게 하나 있다면, 그건 바로 미국의 현지 음식이다. 세계적으로 내로라하는 레스토랑이 밀집한 뉴욕인 만큼 퀄리티에 의문을 가진 건 아니지만, 현지에서만 먹을 수 있는 음식에 대한 기대가 전혀 없었다고나 할까. 주로 튀겨 낸다거나, 형편없이 달고 짜다는 것 정도가 미국 음식에 대한 이미지였다. 하지만 직접 살아보니 그저 달고 짜기만 할 거라고 생각했던 현지 음식들은 생각보다 형편없지 않았다. 워낙 다민족이 모여 사는 데다가 미국 안에서도 역사가 긴 뉴욕이어서일까? 이곳의 음식들은 나름 입맛에 잘 맞았고, 이젠 없으면 섭섭할 정도로 중독된 것들도 있다.

그중에서 하나를 꼽자면 바로 파스트라미 샌드위치. 호밀빵에 파스트라미를 잔뜩 쌓아 올리고 머스터드와 치즈를 얹어 먹는 간단한 음식이다. 적절하게 간이 잘 밴 고기와 톡 쏘는 머스터드의 단순한 조합이 의외로 잘 어울린다. 얼핏 비주얼만 보면 고기의 양이 어마어마해서 금방이라도 목이 막힐 것 같지만 고기에 도대체 무슨 짓을 한 건진 몰라도 무척이나 부드럽고 촉촉해 술술 들어간다.

파스트라미 샌드위치는 유대인의 델리에서 시작된 메뉴로, 그중에서도 영화 〈해리가 샐리를 만났을 때〉에 나온 그 유명한 카츠 델리Katz Deli의 것이 대표적이다. 이젠 델리뿐만 아니라 다이너Diner, 우

Eagle

리나라로 치면 백반집 같은 푸근한 분위기의 식당에서도 손쉽게 찾아볼 수 있다. 누구나 쉽게 드나들 수 있는 가게에서라면 빠짐없이 등장하는 셈이다. 조합은 단순할지 몰라도 가끔 한 번씩 생각나는 맛이다.

'뉴욕' 하면 역시 베이글도 빠질 수 없다. 베이글이야 다른 곳에서도 많이 먹어봤기에 '빵 쪼가리가 얼마나 맛있겠어'라고 코웃음을 쳤지만 원조는 차원이 달랐다. 쫀득하고 촉촉한 베이글도 별미지만 거기에 수십 종류의 크림치즈는 없어선 안 될 천생연분. 내가 좋아하는 조합은 양파 베이글에 쪽파 크림치즈만 넣어 먹는 것이다. 여기선 훈제연어를 넣어 샌드위치처럼 먹는 게 가장 인기 있지만 난 크림치즈만 넣거나 아침 식사 버전으로 베이컨과 스크램블드에그를 넣어 먹는 걸 좋아한다.

정말 인정하고 싶지 않았지만, 뉴욕의 피자를 언급하지 않을 수 없겠다. 처음엔 '뭐가 이렇게 짜!'라며 눈살을 찌푸렸는데 웬걸, 가끔 아니 일주일에 한 번은 꼭 먹어야 할 정도로 나의 주요 섭취 식품 중 하나가 되어버렸다. 담백하고 쫄깃한 이탈리아식 피자도 좋아하지만, 뉴욕의 피자는 나름대로 색다른 매력이 있다. 살짝 싸구려 느낌이 나는 자극적인 토마토소스와 짭짤한 치즈의 조합이란! 〈나 홀로 집에 2〉에서 케빈이 유난히 좋아하던 걸 보고 호기심에 시켜본

플레인 치즈 피자(토핑 없이 토마토소스와 치즈만 얹은 피자)는 금세 내 '최애' 메뉴가 됐다. 가끔 심심하면 페퍼로니를 추가하기도 하지만 그럼 물 한 병을 단숨에 들이켜야 할 정도로 짜기 때문에 나는 대체로 케빈처럼 플레인 치즈를 먹는다. 페퍼로니 피자까지 즐겨 먹기에는 아직 미국화가 덜 됐나 보다.

이 외에도 딱히 뉴욕의 먹거리는 아니지만, 이곳에 와서 즐겨 찾게 된 것들이 있다. 하나는 미국 남부에서 즐겨 먹는다는 그릿츠Grits라는 음식으로, 옥수숫가루에 치즈나 베이컨을 넣고 끓인 죽이다. 여기에 케이준 양념을 더해 익힌 새우를 얹어 먹는 게 일반적인데 이게 어찌나 맛있는지, 톡 쏘는 케이준 새우와 고소한 옥수수죽의 조화가 그야말로 별미다. 덕분에 우리 집에는 옥수숫가루와 케이준 양념이 항상 구비되어 있다.

다른 하나는 바로 타코와 부리토. 전 세계적으로도 워낙 인기가 많지만 여기선 일상적으로 자주 먹는, 우리나라의 김밥 같은 음식이다. 골목마다 파는 곳이 있다고 해도 과언이 아닐 정도. 그중에서 가장 좋아하는 건 알 파스토르 타코Al Pastor Tacos. 짭조름하게 간이 잘 밴 돼지고기에 달콤한 파인애플을 넣은 타코로, 새콤한 라임까지 잔뜩 뿌려주면 둘이 먹다 하나가 죽어도 모르는 맛이다.

물론 아직도 나의 '최애' 음식은 여전히 한식이지만 여러 나라

ESQUITES!
LUPITA
NARANJA
AVAILABLE EN WHOLEFOODS!

에 살아오면서 '주기적으로 먹어줘야 하는 음식 목록'이 하나씩 더해지고 있다. 일본에서는 라멘과 **돈지루**豚汁*가 그랬고, 싱가포르에서는 **락사**Laksa**와 **바쿠테**Bak Kut Teh***가, 그리고 뉴욕에선 앞서 말한 파스트라미 샌드위치와 베이글 그리고 뉴욕 피자가 추가되었다. 사는 나라가 바뀔 때마다 현지의 맛을 못 잊어 항상 아쉬운 마음이라, 뉴욕에서만큼은 편애하는 음식이 안 생겼음 좋겠다 싶었는데 벌써 세 개나 추가되었다. 언젠가 뉴욕을 떠나면 현지에서 먹던 맛을 무척이나 그리워할 게 뻔하니 지금 열심히 먹는 수밖에 없다. 하필이면 편애하는 음식들이 죄다 채소는 하나도 없고 고깃덩어리에 빵 쪼가리뿐이라 양심엔 좀 찔리지만 말이다.

---

* 돼지고기를 넣은 된장국

** 코코넛 밀크를 주재료로 한 국물에 다양한 재료를 넣은 국수

*** 돼지갈비에 각종 약재와 허브를 넣고 푹 고아낸 음식

Tip

그 밖의 뉴욕 먹거리

내가 편애하는 음식은 아니지만, 뉴욕에서 꼭 먹어봐야 할 음식으로 뉴욕 치즈 케이크와 거대한 포터하우스 스테이크 혹은 뉴욕 스트립 스테이크, 따끈하게 구운 프레첼, 그리고 가판대에서 파는 핫도그를 추천한다.

ONE WAY
2←50
West 32nd St
Korea Way
한국타운
2Y28
NYC

#13

뉴욕 속 한국 찾기

5 A
VITELLO

생각해 보면 나는 한류 열풍의 최대 수혜자였다. 일본에 살 땐 동방신기와 소녀시대 등 2세대 아이돌이 일본 전역을 휩쓸던 시기였고, 싱가포르에 살 땐 지하철만 타도 다들 휴대폰으로 〈런닝맨〉이나 〈슈퍼맨이 돌아왔다〉 같은 한국 예능 프로그램을 보고 있을 정도였다. 거기다 뉴욕에 왔을 땐 이미 한류 열풍이 아시아를 넘어 전 세계로 퍼지고 있었으니 정말 운도 좋다. 방탄소년단에서 〈기생충〉, 그리고 최근 〈오징어 게임〉까지. 한국에서 왔다고 하면 이 중 하나는 한 번씩 언급하며 아는 체를 해오니 이보다 뿌듯한 일이 없다.

한국의 흔적은 뉴욕 곳곳에서도 쉽게 찾아볼 수 있다. 타임스 스퀘어의 거대한 전광판에 삼성이나 LG의 광고가 고정으로 깔린 건 물론이고 방탄소년단이나 블랙핑크처럼 한창 인기 있는 케이팝 가수들의 광고를 보는 건 이제 놀랄 일도 아니다. 그중에서도 한국의 인기를 직접 피부로 느낄 수 있는 곳은 역시 코리아타운이다.

맨해튼의 한복판, 그것도 엠파이어 스테이트 빌딩 바로 옆에 우리나라를 대표하는 '코리아타운'이 있다. 그런데 생각보다 자주 가지는 않는다. 아니, 정확히 말하면 자주 가지 못한다. 저녁 시간, 특히 주말 저녁의 코리아타운은 그냥 찌개 한 그릇 먹으러 가볍게 갈 수 있는 곳이 아니다. 초저녁부터 이미 사람들로 빼곡해 예약 없이는 식당에 들어갈 수도 없을뿐더러 대기를 걸어놔도 1시간 이상을 기다려야 하는 건 기본이다. 거기에 가끔 연예인 이벤트(연예인이

클리닉
10F
CITY PARKING
PARK →
NAIL BAR
Plan B KITCHEN & LOUNGE
2F
뉴욕 토탈 미용 학교
AMERICAN BEAUTY INSTITUTE
Billiards SPACE Karaoke
LOUNGE
DR.LEE'S ACCUPU
212-239-5559
CITY PARKIN
1250 Broadway
42 W 32nd ST.
CITY PARKING
HALF HOUR SPECIAL
9 29 PLUS TAX

직접 오는 것도 아닌, 그저 팬들이 모이는 이벤트다)라도 있는 날엔 그냥 아예 발을 디딜 생각도 말아야 한다. 항상 북적이는 사람들로 문전성시를 이루는 모습이 무척이나 자랑스럽다가도, 정작 한국인인 나는 제대로 즐기질 못하니 조금 억울하기도 하다. 그래서 코로나 시대에 인적이 드물었을 때는 이런 한을 풀고자 거의 매일같이 코리아타운으로 출근했던 기억이 있다.

한식은 코리아타운 말고도 뉴욕 곳곳에서 흔하게 보인다. 김치와 고추장은 이제 트렌디한 식당에서라면 흔히 볼 수 있는 식재료 중 하나다. '김치 스크램블'처럼 우리로서는 물음표를 떠올릴 만한 브런치 메뉴가 인기 있다거나, 고기에 고추장을 가미한 소스로 조리한 음식도 심심찮게 보인다. 남녀노소 누구나 아는 식재료라고 단정 짓기는 어렵지만 뭐랄까, 김치나 고추장을 모른다면 적어도 트렌드와 유행에는 좀 뒤처진 듯한 느낌이다. 낯설고 이색적인 게 아니라 뉴요커라면 당연히 익숙할 만한 식재료로 정착해 가는 모습을 보면 뿌듯하다.

최근에는 '코리안 프라이드 치킨'이라고 해서 여기서도 우리나라의 양념통닭이 유행 중이다. 본촌이나 페리카나 같은 우리나라 브랜드뿐 아니라 미국의 프랜차이즈 음식점에서도 한국식 소스를 따로 제공한다든가, 펍에서 쉽게 찾아볼 수 있는 메뉴로 정착하는 등

꾸준히 인기를 끌고 있다. 역시 '단짠'의 힘은 국경을 뛰어넘는다.

슈퍼마켓도 예외는 아니다. 굳이 한인 마트가 아니라도 김치는 대부분의 가게에서 취급하는 주요 상품이 되었고, 중국 음식이 장악하던 냉동식품에도 점점 한식이 늘어나고 있다. 특히 주로 '코리안 덤플링Korean Dumpling'이라고 불렸던 한국 만두가 우리나라 발음 그대로 '만두Mandu'로 팔리는 걸 보면 역시나 흐뭇해진다. 한국 음식을 찾아볼 수 있는 다른 의외의 장소는 델리. 간식이나 간편식을 파는 델리에서 빠질 수 없는 게 컵라면이다. 장담하건대 뉴욕의 델리에서 가장 자주! 많이! 보이는 컵라면은 단연 우리나라의 육개장이다. 신라면과 너구리도 흔히 보이고, 나름 종류를 많이 갖춘 델리에서는 불닭볶음면이나 짜파구리 같은 최신 유행 컵라면을 팔기도 한다.

이렇게 점점 퍼져나가는 한식의 유행에 뿌듯하다가도 식재료의 표기가 다소 아쉬울 때가 있다. 이미 뉴욕 음식 문화의 주류로 정착한 일본 음식의 영향으로 유자는 유즈, 김밥은 코리안 스시 등 일본식으로 표기한 걸 흔히 볼 수 있다. 그래도 최근 뉴욕의 트렌드를 가미한 현대식 한국 레스토랑이 많은 인기를 얻으면서 우리나라 발음 그대로 음식명을 표기한 곳이 늘고 있다. 한식이 친숙한 음식으로 정착해, 언젠가 우리 고유의 이름을 되찾았으면 하는 바람이다.

이렇게 음식은 물론이고 뉴스 속 한국의 화젯거리나 한국 콘텐

NOODLE SOUP
SHIN
BLACK
라면
WITH BEEF BONE BROTH
SHIN
NOODLE SOUP
NONGSHIM
Bowl
Noodle Soup
Hot & Spicy
Flavor
BPA FREE
NONGSHIM
Bowl
Noodle Soup
Hot & Spicy
Flavor
BPA FREE
$2.49

츠가 이곳에서 점점 입지를 넓히고 있는 걸 보면 그저 고맙고 자부심이 느껴진다. 이 트렌드가 단순히 유행으로 그치는 게 아니라 하나의 주류 문화로 자리매김하면서 더 많은 사람이 우리네 것을 즐겼으면 하는 바람이다. 왜냐면, 우리만 알고 있기에 한국의 문화는 너무 멋지니까!

PORCELANOSA
REALTY

Nov. 18, 1939
NEW Y
BEAUTY SALON
NEW YORK
PUZZLE COMPANY
YORKER
MAIN STREET
Cover by Beatrice Tobias

#14

나는 뉴욕의 길냥이 집사

뉴욕에 와서 새롭게 얻은 직책이 있다. 바로 뉴욕의 길냥이 집사. 누가 명해준 직책도 아니고 정식 직업도 아니지만 내 뉴욕 생활의 가장 큰 원동력이자 나에게는 그 어떤 것보다 중요한 타이틀이다. 혹시 '성덕'이란 말을 들어봤는지? '덕질'을 하다 결국 그 분야의 전문가가 된다든가 덕질의 대상을 직접 영접한 사람, 바로 '성공한 덕후'를 가리킨다. 그게 바로 나다. '냥덕'을 자처하고 그렇게 끈질기게 뉴욕 곳곳의 야옹님들을 찾아 나서더니 결국 집사가 되고야 말았다. 그것도 그냥 집사가 아닌 길냥이 집사.

한 델리에서 만난 주인아저씨로부터 보호소에 관해 듣게 되었다. 그분 역시 야옹님의 집사였는데, 근처의 동물 구조 보호소에서 야옹님을 모셔왔다고 했다. 맞다, 그런 게 있었지. 유기묘나 길고양이들을 구조해 돌봐주는 보호소. 기왕이면 봉사활동이라도 하면 좋겠다는 마음으로 가볍게 들른 것이 이 모든 여정의 시작이었다. 그 보호소에서 **포스터**Foster* 라는 걸 알게 되었고, 운 좋게 그 자리에서 오리엔테이션까지 마치며 정식 포스터로 임명되었다.

얼마 지나지 않아 보호소에서 연락이 왔다. 갓 태어난 고양이 세 마리가 구조되었는데 당장 돌봐줄 포스터가 급하게 필요하다고. 야옹님의 부름이니 바로 달려갔다. 그러자 태어난 지 일주일도 안된

---

* 구조된 동물이 입양될 때까지 돌봐주는 임시 보호 활동을 하는 사람

꼬물이 세 마리가 내 앞에 나타났다. 그렇게 작고 가녀린 생명체는 난생처음이었다. 한 손바닥에 쏙 들어오는 야옹님들을 보며 어찌할 줄 모르는 사이, 보호소에서는 분유 수유법과 화장실 처리법을 알려주고 야옹님들을 우리 집으로 보냈다.

4년이 지난 지금도 야옹님들과 보낸 첫날 밤을 잊지 못한다. 혹여 만지면 부서질까, 어디가 잘못되진 않을까 뜬눈으로 지켜보며 밤을 지새운 그날. 다행히 야옹님들은 무사히 쑥쑥 커갔다. 나도 세 시간 간격의 수유와 서툴던 화장실 처리에 적응해 가며 냥초보에서 정식 집사로 거듭나기 시작했다. 하루가 다르게 쑥쑥 자라나는 야옹님들을 지켜보는 건 그야말로 기쁨 그 자체였다. 모래만 놔뒀는데 바로 화장실로 쓰기 시작하더니 소파에서 용감하게 번쩍 뛰어오르지를 않나, 어디서 배운 건지 밥을 먹은 후엔 열심히 몸 청소를 하질 않나, 또 나를 알아보고 쪼르륵 달려와 품에 안길 땐 정말 말로 표현할 수 없는 행복을 느꼈다.

그러던 중 야옹님 한 분이 선천적 지병으로 결국 세상을 뜨고 마는 슬픈 일도 생겼다. 상태가 급격히 나빠지는 모습을 바라보며 아무것도 할 수 없다는 데 극심한 무기력함을 느꼈던 그때, 보호소 직원이 나를 다독였다. 야옹님이 한 달이나 버틸 수 있었던 건 다 나와 같은 포스터가 있었기 때문이라고. 아무리 보호소에서 구조를 하

고 돌본다 해도 포스터의 집에서 1:1 케어를 받는 것과는 비교할 수 가 없다고. 같은 지병을 가진 다른 두 야옹님이 완치되어 건강하게 자랄 수 있었던 것도 내 품에서 극진한 케어를 받은 덕이니 낙심하지 말고 꾸준히 포스터 활동을 해달라는 부탁이었다. 그 말을 듣고 다짐했다. 이런 일이 두 번 다시 일어나지 않도록 더 열심히, 더 많은 야옹님들을 모셔야겠다고.

그렇게 길냥이 집사가 되고 벌써 4년이란 시간이 흘렀다. 여태까지 우리 집을 다녀간 야옹님만 해도 마흔 분이 훌쩍 넘는다. 어쩌다 보니 아기 야옹님 전문(?) 포스터로 알려져 주로 갓 태어난 꼬물이들을 담당하지만, 종종 어르신 야옹님들도 모시고 있다. 입양이 가능한 생후 3개월이 될 때까지 그저 돌보기만 하면 되는 아기 야옹님과는 달리, 어르신 야옹님들의 사연은 다양했다. 대부분 지병을 앓거나 건강상 문제로 수술을 받아야 하는 경우 혹은 사회성 결여로 사람과 어울려서 살 수 있는 훈련이 필요한 경우였다. 여기선 그저 구조되었다고 그대로 입양을 보내는 일이 없었다. 건강 상태는 물론이고 사회성과 행동 문제까지 철저하게 검사하고 훈련시킨 후, 입양에 적합하다고 판단해야 입양 절차를 시작하곤 했다.

일례로, 내가 1년 가까이 모신 야옹님 한 분은 일곱 살 때 피부병이 온몸에 도진 채로 왔다. 우리 집에서 반년 동안 피부병을 치료한 후에야 입양 공고를 띄울 정도로, 보호소에서는 철저하게 건강

상태를 확인했다. 이 야옹님은 이후로도 피부병 때문에 꾸준히 약을 먹어야 했는데, 그 때문에 한 번 파양되기도 했다. 경험이 많은 나와는 달리 입으로 곧장 투약하는 게 익숙하지 않았던 평생 가족이 애를 먹다가 결국 포기해 버린 것이었다. 보호소는 야옹님을 다시 우리 집으로 돌려보냈고, 입으로 직접 약을 투여하지 말고 음식을 통해 약을 먹을 수 있도록 훈련시켜달라고 부탁했다. 영특한 야옹님은 음식 안에 약을 섞은 걸 어떻게든 알아내 금방 내뱉기 일쑤였다. 그렇게 음식으로 약을 먹을 때까지 장장 2개월이란 시간이 걸렸다. 이 훈련을 마치고서야 다시 평생 가족을 찾아 입양되었고, 다행히 그 가족과 쭉 행복하게 살고 있다는 해피엔딩이다. 정말이지 굉장한 수고와 노력, 시간이 드는 과정이었다.

하루가 다르게 수많은 길고양이, 유기묘들이 쏟아져 나오고 있다. 그런데도 보호소에서 이렇게까지 완벽함을 추구하는 이유는 딱 하나다. 바로 파양 없는 입양을 위해서. 그리고 이런 긴 시간과 수고를 들일 수 있는 이유도 딱 하나, 체계적인 포스터 활동 덕이다.

아무리 큰 보호소라도 공간과 인력은 한정적이다. 그래서 보호소에만 의지하다 보면 계속해서 들어오는 구조 동물들을 수용하기 위해 기존에 구조한 동물은 빨리 입양을 보내야 한다. 입양이 안 되면 결국 안락사라는 최악의 경우를 선택해야만 한다. 하지만 뉴욕에서는 무수히 존재하는 포스터 덕에 보호소에 공간이 생기고, 그만큼 더 많은 생명을 구조할 수 있게 되었다. 단순히 공간의 문제만을 해결하기 위한 게 아니다. 포스터들은 기간 제약 없이 1:1의 세심한 케어를 할 수 있고, 덕분에 건강, 사회화, 행동 문제를 모두 해결한 완벽한 상태로 입양 보내 파양을 최소화할 수 있다. 그래서 이곳에서 포스터는 동물 구조 활동의 핵심으로 자리 잡았다.

포스터 활동을 하면서 수많은 사람에게 비슷한 질문을 받았다. 정이 들어버린 고양이를 어떻게 다른 가족에게 보낼 수 있냐고 말이다. 그럴 때마다 내 답은 항상 똑같다. 이별의 단편적인 모습만 보지 말고, 포스터가 왜 동물 구조 활동에 빠져서는 안 되는 핵심인지 큰 그림을 봐달라고. 포스터는 입양의 대체 선택지가 아니라 더 많은 생명을 구하기 위한 필수적인 과정이라고 말이다. 물론 나도 야옹님을 우리 가족으로 모실 날을 항상 꿈꾼다. 하지만 그날이 온다 해도 난 계속 포스터 활동을 해나갈 것이다. 이별은 언제나 똑같이 슬프고 아프지만, 그로 인해 야옹님들이 평생 가족과 행복하게 사는 거라면? 그런 행복한 이별이라면 평생 얼마든지, 몇 번이고 받아들일 준비가 되어있다.

Tip

뉴욕에서 포스터가 되려면?

보호소마다 조건도 상황도 다르지만 여태까지 세 곳의 단체와 같이 일해본 결과 기본적으로 다음과 같은 조건을 갖춰야 한다.

- 신원이 확인되어야 한다(집 주소와 신분을 확인시켜줄 한 명 이상의 참고인이 필요하다).
- 방묘창 설치 등 야옹님을 모실 수 있는 집 안 환경이 필요하다(한 보호소는 직원을 보내 우리 집을 직접 점검하기도 했다).
- 오리엔테이션과 포스터 관련 트레이닝을 받아야 한다.
- 기본적인 사료와 모래의 비용은 포스터가 부담하되 병원비와 약제비, 교통비는 보호소에서 처리한다.
- 건강상의 문제가 생기면 꼭 보호소가 지정한 병원을 방문하고, 그 병원의 지시를 따라야 한다. 포스터가 임의로 치료하거나 약을 먹이는 일은 절대 허용되지 않는다.

FULL SERVICE
BECAUSE I ON
MIMOSAS.
We Pick Up, Store
manhattan mini stor

#15

수술보다
병원 청구서가 무서운
웃픈 현실

뉴욕, 아니 미국에 오기 전부터 귀가 따갑도록 듣던 이야기가 있다. 악명 높은 미국의 의료비. 응급 맹장 수술을 한 번 했더니 수천만 원이 깨졌다든가, 치료비가 비싸 치과에 갈 엄두를 못 내니 약국에 자가 치료제가 빼곡하다든가. 뉴욕에 발을 디디기도 전 공포영화보다 더 무서운 의료비 괴담에 이미 잔뜩 겁에 질린 상태였다. 하지만 구더기 무서워 장 못 담글까. 의료비 때문에 뉴욕에서 살 기회를 놓치는 건 말이 안 됐다. 그렇게 귀에 맴돌던 괴담들을 애써 뿌리치고 뉴욕행 비행기를 탔다. 그저 사는 동안 병원에 갈 일이 없게 해달라고 빌면서 말이다.

하지만 4년이 넘는 시간 동안 병원에 발을 안 들이고 살 수는 없는 노릇이었다. 하다못해 매해 건강검진은 받아야 했으니까. 회사를 통해 나름대로 평판 좋은 보험에 가입하긴 했지만, 혹시 몰라 항상 딱 필요한 것만 최소한으로 치료를 받았다. 혹여나 어림짐작으로 검사를 요청했다가 보험사에서 거절이라도 하면 청구서 폭탄이 날아올지도 모르기 때문이다. 다행히 첫 3년은 아무 탈 없이 잘 지나갔다. 문제는 4년째 되던 해, 몸에 자꾸 이상 신호가 나타나면서였다. 돈도 돈이지만 일단 건강이 걱정되어 담당 의사와 상담을 하고, 의심이 갈 만한 병을 확인할 수 있는 검사 몇 가지를 추천받았다. 딱 봐도 복잡해 보이는 게 비용이 꽤 들 거라는 예감이 들었다. 청구서 폭탄

OLMSTED & VAUX WAY

이 무서워 보험 처리된 비용을 보험사에 확인하고 나서야 검사를 진행했다.

그런데 검사를 했던 기억도 가물가물해질 즈음, 3개월이나 지나 날라온 청구서에는 놀랍게도 예상보다 훨씬 더 높은 금액이 적혀 있었다. 깜짝 놀라 보험사에 연락을 했다. 검사의 한 부분에서 그 보험사가 커버하지 않는, 일명 아웃 오브 네트워크Out-of-Network 서비스가 들어갔다는 게 이유였다. 알고 보니 아무리 검사 비용을 미리 확인해도 병원 내에서 의사마다 커버할 수 있는 보험이 각기 달라 어떤 의사가 어떤 치료를 담당하는지에 따라 최종 비용이 바뀔 수 있다는 것이다. 그리고 몇 번의 다른 검사와 치료를 통해 그게 진짜임을 경험했다. 그러니까, 치료를 받고 청구서를 직접 받을 때까지는 비용을 얼마나 내야 하는지 정확히 알 수가 없는 셈이다.

이 사건 이후로 대부분의 최종 비용은 예상 금액을 웃돌지 않았지만, 얼마나 내야 할지도 모른 채 치료를 받아야 한다는 불안한 사실은 변함이 없었다. 그리고 안타깝게도, 갖은 검사 끝에 내려진 해결책은 결국 수술이었다. 의사 선생님이 수술을 해야 한다고 말하는 순간, 내 몸보다도 수술비가 먼저 걱정이 됐다. 어떻게 수술을 잘 끝내고 회복할 수 있을까, 보다 수술이 끝난 뒤에 최종 청구서를 받기까지 얼마나 불안할까, 그 생각이 번뜩 먼저 든 것이다. 다행히 수술은 무사히 끝났고 장장 3개월의 기다림 끝에(청구서는 또 왜 이리 늦게

나오는지!) 예상했던 비용 그대로임을 확인하고서야 마침내 이 악몽에 마침표를 찍을 수 있었다.

오랜 시간 병원을 들락날락하며 몸소 미국의 의료 시스템을 겪어보니, 이곳에 오기 전에 들었던 그 끔찍한 괴담은 사실 많이 과장된 면이 없지 않았다. 물론 회사를 통해 비싼 돈을 주고 사보험을 들어야 한다는 큰 단점이 있지만, 본인 혹은 가족이 일을 하는 이상 일상적인 치료비에 덜덜 떨 필요는 없다. 의료 서비스 측면에서도 엉망이라거나 질이 떨어진다는 생각은 해본 적 없다. 아마 미국 안에서도 의료 선진도시라고 불리는 뉴욕 한복판에 사는 덕일지도 모른다.

그렇지만 역시 한국의 의료체계와 비교하자면 석연찮은 부분이 한둘이 아니다. 너무나 복잡한 사보험 체계로 인해 그 누구도 시원하게 정확한 비용을 알 수 없다는 것. 나에겐 이게 가장 큰 단점으로 다가왔다. 이번이야 그나마 간단한 수술이었지만 혹시 최첨단 기술이 필요한 수술이라든가, 몇 주씩 입원해야 하는 상황이 생긴다면? 내 몸보다 혹여나 의료비로 파산하는 건 아닐지가 걱정돼 잠 못 이룰 것 같다. 갑자기 보험사에서 '미안하지만 이런 치료는 커버해 줄 수 없어'라고 한다면 어떻게 해야 할지 생각만 해도 눈앞이 깜깜해진다.

하지만 이런 암담한 상황 속에서도 나름대로 장점은 있다. 예전보다 훨씬 건강에 신경 쓰게 되었다는 것. 열심히 운동하고 골고루 영양을 섭취하며 병원에 가는 일을 최소화하도록, 거의 집착 수준으로 건강관리를 하게 됐다. 비록 시작은 '돈'이었지만 결국 건강도 얻게 되었으니 나름 일석이조의 효과라며 필사적으로 웃어본다. 물론 눈에서는 뜨거운 눈물이 흐르지만 말이다.

Tip

의료비 폭탄을 막아주는 수호신

대부분의 보험에는 '아웃 오브 포켓 맥시멈Out of Pocket Maximum'이란 제도가 있다. 한 해 동안 일정 금액의 의료비를 지불하면 그 이상은 개인이 내지 않고 보험사가 전액 부담하도록 하는 것이다. 물론 인 네트워크In Network 안에서 보험 처리가 되는 치료나 검사에 한해서지만, 그래도 이런 제도가 있어서 얼마나 다행인지 모른다. 덕분에 나도 한 해 동안 각종 검사와 수술을 거쳤지만, 일정 비용을 낸 이후부터는 단 한 푼도 내지 않는 호사(?)를 부렸다.

P

#16

뉴요커들의 못 말리는 강아지 사랑

DEP

고백하건대 나는 강아지를 매우 좋아한다. SNS에서 나를 쭉 지켜봐 온 사람이라면 내가 고양이를 편애한다고 오해할 수 있지만, 사실 그런 시선이 억울할 정도로 강아지도 몹시 사랑한다. 냥덕후 못지않은 멍덕후(?)인 셈이다. 물론 처음부터 그랬던 건 아니다. 내가 멍덕후가 된 건 순전히 다 뉴욕 탓이다.

뉴욕에 오기 전, 뉴욕이란 단어를 곱씹을 때마다 어렴풋이 떠오르는 풍경이 있었다. 황홀한 불빛을 내뿜는 고층 빌딩과 멋지게 차려입고 칵테일을 즐기는 뉴요커들의 화려한 삶. 물론 이 뻔한 이미지는 누구나 그렇듯 할리우드 영화와 미드를 보며 멋대로 상상한 탓이었다. 이방인에서 뉴욕살이에 닳고 닳은 4년 차 현지인이 되어갈 때쯤 이런 환상은 보기 좋게 깨지고 말았다. 하지만 그보다 더 멋진 풍경이 나에게 펼쳐졌다. 고층 빌딩 아래, 멋지고 화려한 삶이 아닌 생활 속 뉴요커와 반려견이 만들어 내는 소박한 풍경. 이렇게나 강아지가 넘쳐나는 도시라니!

뉴욕에 온 지 얼마 안 돼 가장 인상적이었던 것은 바로 반려견의 존재감이었다. 거리를 걷다가도, 지하철을 타다가도, 마트에서 장을 보다가도, 카페에서 커피를 마시다가도 문득 정신을 차려보면 어김없이 강아지가 등장했다. 다른 도시라면 주거지 부근에서야 눈에 띄었을 텐데, 뉴욕에선 바쁜 중심지건 고층 빌딩 사이건 강아지가 온 도시를 섭렵하고 있었다. 마치 명동 한복판을 유유자적 산책하는 강

아지들을 보는 느낌이랄까? 물론 좁은 땅 위에 상권과 주거지의 경계가 모호한 맨해튼의 특성 때문일 수도 있지만, 내가 보기에 그 이유는 따로 있다. 뉴요커들은 강아지를 너무나 사랑한다!

이 도시에서 강아지들은 정말이지 어딜 가도 환영받는다. 강아지들을 위한 물그릇을 문밖에 내놓는 가게가 수두룩하고, 도시 곳곳에 있는 공원에는 항상 빠짐없이 '도그 런Dog Run'이라는 강아지 전용 공간이 마련되어 있다. 카페나 식당에서 주인과 함께 식사를 즐기는 강아지들을 흔히 볼 수 있고, 같이 지하철을 타거나 장을 보는 것도 익숙한 풍경이다.

눈살을 찌푸리는 사람도 있을 법한데, 오히려 지나가다 강아지를 보면 꼭 칭찬을 한마디씩 건네는 사람들이 대부분이다. 늘 무표정에 불친절하기로 유명한 뉴요커들조차 이 작은 생물체 앞에선 귀여워 어찌할 줄 모르는 모습을 보면 피식 웃음이 나올 지경이다. 이렇게 강아지 사랑이 유별난 곳에 몇 년을 살다 보니, 나도 자연스레 멍덕후가 되어버렸다. 그도 그럴 것이 존재만으로도 너무나 귀여운 이 생물체를 하루도 빠짐없이 도시 곳곳에서 마주치기 때문이다. 나도 모르게 그 매력에 빠지는 건 시간문제였다. 가끔 심신이 지칠 땐 아예 거리의 강아지들을 찾아다니는 지경까지 이르렀다. 녹록지 않은 도시 생활 속에서 발견한 나만의 활력소라고나 할까.

이 정도 멍덕후가 됐다면 뉴요커 행세를 하며 반려견을 들일 만도 한데 아쉽게도 그러지 못했다. 워낙 이동이 잦아 반려견을 키우기에 적합하지 않은 환경인 데다가, 지금 사는 건물에서는 반려견을 금지한다는 게 가장 큰 이유다. 대신 불타오르는 덕심을 활용해 최대한 강아지들을 가까이할 수 있는 생활 루틴을 곳곳에 만들었다.

그중 하나는 매일 아침 센트럴파크 산책하기. 뜬금없이 웬 센트럴파크냐고 한다면 그건 모르는 소리다. 센트럴파크, 그중에서도 관광객들이 몰려오기 직전의 고요한 아침 시간은 그야말로 반려견들의 천국이다. 특히 9시 전까지는 목줄을 풀어놓고 산책을 해도 된다는 암묵적인 룰 덕에 동네의 강아지란 강아지는 모조리 다 모인다. 멍덕후에게는 놓칠 수 없는 절호의 기회다. 비록 반려견은 없지만, 강아지 떼 사이에서 유유자적 산책을 하고 있자면 나도 '반려견을 키우는 뉴요커'에 가까워진 기분이 든달까.

그러다 동네 친구가 반려견을 입양하면서부터 정말로 그 무리에 낄 기회가 생겼다. 같이 산책을 하다 보면 반려견들끼리 서로 킁킁 검문을 하러 수시로 멈춰 서고, 그럴 때마다 견주들과 함께 하하호호 수다를 떨며 인사를 나누었다. 친구의 이웃 반려견 생일잔치에 초대받는 횡재를 누리기까지 했다. 비록 반쪽짜리긴 해도 내가 꿈꾸던 완벽한 뉴요커 삶의 완성이다. 반려견이 없으면 출입조차 못 하는 도그 런에 입장했을 땐 그야말로 감격했다. 맨날 밖에서 부러운 눈

으로 지켜보기만 하던 그 성지에 내가! 드디어! 입장하다니. 멍덕후, 인생 최대의 소원을 성취한 날이었다.

그렇게 애타게 멍덕질을 하는 내가 안타까웠는지 친구가 비밀스럽게 팁을 하나 건넸다. 매일 아침 8시 30분쯤 센트럴파크 중앙문 근처에 한 여성이 나타나는데, 항상 강아지 간식을 잔뜩 나눠주는 덕에 '트릿 레이디Treat Lady'라고 불리며 이웃 강아지들 사이에서 아주 유명하단다. 아예 8시 30분만 되면 강아지들이 그 문 쪽으로 하나둘씩 모일 정도라나. 그러니 나도 매일 간식을 잔뜩 가져와 나눠주면서 제2의 트릿 레이디가 되어보라는 것이다. 만약 반려견이 없어 민망하다면 빈 목줄 하나를 들고 오라는 팁도 주었다. 몰려다니는 강아지 무리에 대고 대충 강아지스러운 이름을 지어내 반려견을 찾듯 몇 번 불러대면, 다들 내가 견주라고 믿을 거라는 우스꽝스러운 조언과 함께. 그저 무리에 가까워질 뿐 아니라 그 속의 주인공이 될 수 있다니. 굉장한 제안에 살짝 마음이 혹했지만 아무리 멍덕후라도 체면이 있지, 차마 거기까지는 용기가 나질 않았다.

대신 다음에 뉴욕 내에서 이사를 하게 된다면 꼭 반려견이 허용되는 건물을 찾겠다고 다짐했다. 비록 반려견은 못 키울지라도 여태껏 길고양이들을 임보해 왔듯, 구조된 강아지들을 임보하는 활동을 꼭 해보고 싶다. 그땐 정말 당당히 얼굴을 들고 내가 꿈꾸던 '반려견

Daisy
SOUR CREAM
good
daiya

과 함께 다니는 뉴요커' 무리에 들어갈 수 있겠지. 그럼 내가 '뉴욕' 하면 떠올리는 그 대표적인 풍경의 주인공도 될 수 있지 않을까? 상상만 해도 정말 설렌다.

Tip

뉴요커 강아지들을 만날 수 있는 곳

보리스&호튼 Boris&Horton

Add : 195 Avenue A, New York, NY 10009
뉴욕에 몇 안 되는 반려견 전용 카페. 물론 반려견이 없어도 입장 가능하다. 동네 사람들이 많이 와 대부분 서로 얼굴을 알고 친목을 다지는 분위기다. 내 반려견이 아니더라도 그저 수많은 강아지들을 구경하는 것만으로 즐겁다. 가끔 강아지가 당신의 무릎에 발을 올리고 간식을 요구하는 행운(?)을 맞이할지도?

톰킨스 스퀘어 도그 런 Tompkins Square Dog Run

Add : 99 1/2 St Marks Pl, New York, NY 10009
보리스&호튼 근처에 있는 강아지 전용 공원. 뉴욕의 다른 여러 공원에도 비슷한 도그 런이 존재하지만, 개인적으로 이곳이 가장 활기차고 구경할 맛이 난다. 규모도 크고 그만큼 다양한 강아지 종을 구경할 수 있어 재미가 쏠쏠하다. 대신 반려견이 없으면 입장이 불가능해 밖에서만 구경할 수 있다는 점을 참고할 것.

CRUNCH.COM
MOINIAN
NOW LEASING
MIDTOWN • DOWNTOWN • WESTSIDE
MOINIAN.COM
AMERITANA
CRUNCH
ONE
citibike
244
250

#17

골목만 돌면 또 다른 세계

Ray-Ban
GENUINE SINCE 1937
FIND OUT MORE AT RAY-BAN.COM
MARSHAL

가끔 브루클린이나 퀸즈에 놀러 가면 일부러 강가를 산책하곤 한다. 강 건너로 보이는 맨해튼 풍경이 무척이나 멋지기 때문이다. 작은 섬 안에서 서로 경쟁이라도 하듯 다닥다닥 하늘 높이 솟은 마천루의 진경珍景을 보고 있자면 '내가 저 빌딩 숲 한복판에 살고 있다니!' 하는 탄성이 절로 나온다.

"저 작은 섬 안에서 벌써 4년을 보냈다니 아직도 믿기지 않아."

그렇게 말하면 가끔 사람들이 묻곤 한다.

"저 좁은 곳에서 사는 게 지겹지 않아?"

안 그래도 생활 반경이 맨해튼 밖을 크게 벗어나지 않으니 정말 지겨울 만하다. 그런데 이상하게 단 한 번도 그런 생각을 한 적이 없다. 아니, 오히려 아직도 매일이 새롭고 즐겁다. 여태껏 여러 나라를 거쳐오며 많은 도시에서 살아봤지만 역시 뉴욕, 그중에서도 맨해튼은 특별하다. 그도 그럴 게 이 좁은 섬 안에 어쩜 이렇게 수많은 세계가 옹기종기 모여있을까 싶을 정도로 다양한 얼굴이 있기 때문이다. 워낙 명소가 많으니 사람들은 맨해튼이 매우 클 거라 짐작하지만, 사실은 서울의 10분의 1도 안 될 정도로 작다. 이토록 아담한 섬인데 거리를 걷다 보면 골목 하나만 꺾어도 꼭 순간이동을 한 듯 전혀 다른 분위기의 동네가 등장하는 신비한 경험을 할 수 있다.

유서 깊은 가문의 자손들이 살 것처럼 고급스러운 부촌에서 몇 블록만 내려오면 뉴욕 최대 관광지인 타임스스퀘어 네온사인의 불빛들이 보이기 시작한다. 요즘 맨해튼에서 가장 핫하다는 허드슨 야드의 번쩍거리는 고층 유리빌딩을 지나자 갑자기 첼시를 대표하는 빨간 벽돌의 낡은 건물들이 쫙 깔리며 최첨단에서 빈티지로 분위기가 판이하게 바뀐다.

뉴욕대학교를 중심으로 젊은이들의 자유분방함이 그대로 묻어나는 이스트 빌리지에서 조금만 걸음을 옮기면 그야말로 뉴욕 트렌드의 메카이자 명품 매장이 빼곡한 쇼핑의 천국, 소호의 고풍스러운 건물들이 짜잔 하고 등장한다.

항상 붐비고 정신없는 미드타운만 해도 골목골목 뜯어보면 그 속에는 여러 얼굴들이 존재한다. 번쩍이는 대형 스크린 구역을 벗어나면 브로드웨이 극장들이 옹기종기 모여있고 길을 따라 내려가면 의류 재료를 파는 상점들이 빼곡한 가먼트 디스트릭트가, 더 가면 온갖 화초와 꽃을 파는 플라워 디스트릭트가 등장한다. 이 모든 게 걸어서 20분도 안 되는 거리에 모여있으니, 골목을 하나씩만 구경해도 1시간은 훌쩍 넘는 게 부지기수다.

세계에서 몰려든 이민자들이 만들어 낸 다양한 동네도 맨해튼을 더 다채롭게 만든다. 맨해튼에서도 가장 이민자의 색이 강한 리틀 이태리와 차이나타운은 골목 하나를 두고 이탈리아와 중국을 여행이라도 하듯 문화의 색채가 뚜렷하다. 거기에 자랑스러운 코리아

be.
Broadway
E 17 St
ONE WAY

A SECOND CHANCE
CHANEL
HERMES
BIKE LANE
BIKES ONLY
Hudson River
157
VARIAZIONI
Happy Socks

타운은 물론이고, 일본 식당들이 몰려있는 이스트 빌리지, 북적이는 미드타운에 버젓이 골목 하나를 장악하고 있는 브라질 스트리트, 인도 식료품점이 몰려 있는 킵스 베이, 온갖 에스닉 푸드 식당이 자리한 헬스 키친까지. 분명 골목 하나씩을 차지하고 있을 뿐인데도, 이토록 다양한 골목이 모이고 모여 수많은 세계가 집약된 맨해튼이라는 독특한 공동체를 만들어 내는 것이다.

그러다 보니 뉴욕에 산 지 4년이 지났어도 나의 뉴욕 탐색은 아직도 -ing, 진행 중이다. 아니, 뉴욕이 다 뭔가. 이 작은 맨해튼 하나를 알아가는 데도 이렇게나 긴 시간이 필요하다. 너무나도 풍성한 볼거리와 먹거리에 골목 하나만 구경해도 한참이 걸리는데, 거기에 매번 새로운 트렌드와 유행을 따라잡으려니 몸이 열 개라도 모자란다. 맨해튼보다 더 큰 뉴욕의 다른 지역들, 퀸즈나 브루클린까지 섭렵하려면 아마 10년은 족히 살아야 하지 않을까.

뉴욕에서 난 정말 시도 때도 없이 걷는다. 체력도 부쩍 늘었다. 하루에 만 보는 기본이요, 주말이면 이만 보를 훌쩍 넘는 날도 많다. 물론 악취와 오물로 악명이 자자한 뉴욕의 대중교통을 피하고자 하는 속셈도 있지만, 그래도 가장 큰 이유는 걷는 게 그저 즐거워서. 정말 그뿐이다. 골목 하나도 놓칠 수 없다. 뉴욕을 제대로 즐기려면 역시 직접 발로 걸어야 제맛이다.

그래서 사람들이 뉴욕에 가서 뭘 하면 좋겠냐고 물을 때마다 꼭 추천하는 게 있다. 하루는 일정을 비워 두고 그저 걸어볼 것. 센트럴파크 바로 아래, 미드타운에서 출발해 맨해튼의 가장 남쪽까지 간다고 해도 12km 남짓의 거리이니 쉬엄쉬엄 걸어도 하루면 충분하다. 만약 체력이 받쳐준다면 센트럴파크 근처 동네까지 도전해 보는 것도 좋겠다. 그날 하루만큼은 유명한 곳에 가봐야 한다는 집착을 버리고 유유자적 거리를 걸으며 자기 마음에 쏙 드는 동네나 골목을 찾았으면 좋겠다. 분명 여행책에 나오지 않는 자기만의 보물을 찾아낼 거라고 믿는다. 볼거리가 풍성한, 수많은 얼굴의 뉴욕이니까.

Tip

길치라도 문제없어요!

여태껏 그 많은 나라에서 어떻게 살아남았냐며 지인들이 신기해할 정도로, 나는 심각한 길치다. 그런 나마저도 뉴욕에서는 목적지를 곧잘 찾아갈 정도로 길을 찾는 게 수월하다. 일단 삐뚤빼뚤한 길 없이 대부분 일직선으로 곧게 뻗어있어 길을 잃기 쉽지 않다. Street는 숫자가 낮아질수록 남쪽, 높아질수록 북쪽으로, Avenue는 숫자가 낮아질수록 동쪽, 높아질수록 서쪽으로 향하기 때문에 간단하게 방향을 파악할 수 있다. 그것조차 헷갈린다면 주변을 둘러보며 높이 솟은 엠파이어 스테이트 빌딩의 위치를 확인할 것. 이 빌딩을 기준으로 삼으면 자신의 위치와 가고자 하는 방향을 쉽게 파악할 수 있다.

December 8, 2019, at 2:00
Isaac Stern / Ronald O. Perelman Stage
VIENNA BOYS CHOIR
Wiener Sängerknaben
Christmas in Vienna
Manuel Huber, Choirmaster
Plainsong Chant
Domine exaudi orationem meam
(Lord, hear my prayer)
Psalm 101:2 (102:2)
Tempus per annum—Hebdomada XXIII
Hodie Christus natus est (Christ is born today)

#18

뉴욕에서 부리는 최고의 사치

세계 최고의 부호들이 모여있는 만큼 최고급 레스토랑과 명품 브랜드, 초호화 아파트로 넘쳐나는 뉴욕. 그래서 많은 사람이 동경하는 도시이지만 사실 난 그런 화려함엔 별 관심이 없다. 어차피 들어가지도 못할 세계일 뿐 아니라 쇼핑이나 치장에는 본래 그리 흥미가 없기 때문이다. 그렇다고 사치를 절대적으로 지양하는 건 아니다. 아니, 난 그 어느 곳보다 뉴욕에서 넘치게 사치를 즐기고 있다. 뉴욕이라서 가능한 사치, 내가 뉴욕에서 부리는 최고의 사치, 그건 바로 문화생활이다.

나는 원래 그렇게 문화생활을 즐기는 사람이 아니었다. 미술이나 예술 방면엔 문외한에 가까웠고 접할 기회가 별로 없으니 즐기는 방법도 몰랐다. 전시회나 공연은 가끔 친구들에 이끌려 호기심에 가보는 정도로, 그야말로 손에 꼽는 연중행사였다. 그랬던 내가 매주 미술관에 가지 않고는 못 배길 정도가 되었다니, 누가 상상이나 했을까. 물론 오해는 말길 바란다. 한번 문외한은 영원한 문외한이라고, 고작 4년 만에 예술 방면에 빠삭해졌다거나 지식이 깊어졌을 리가 없다. 그저 예전보다 월등하게 빈번한 횟수로 예술을 접한다는 것, 그리고 조금씩 스스로 즐길 수 있게 되었다는 소리다. 물론 이것도 전부 뉴욕에 사는 덕분이다.

뉴욕은 그야말로 문화생활의 천국이었다. 굳이 찾지 않아도 수많은 이벤트와 전시가 매일같이 눈앞에 쏟아졌다. 프리랜서로 일하

CARROLL AND
MILTON PETRIE
EUROPEAN
SCULPTURE
COURT

며 시간을 자유롭게 혼자 쓰는 내가 거리 곳곳에 있는 그 천국의 유혹에 걸려든 건 당연한 일이었다. 딱히 뭘 할지도 모르겠고, 그럴 때마다 눈에 띄는 전시나 공연을 하나씩 찾아가 본 게 계기였다. 가볍게 들어간 무료 전시회에서 미술에 문외한인 나조차 알 정도로 유명한, 가령 중학교 교과서에서 봤던 작품을 마주한다든가, 단돈 8달러를 내고 본 연극에서 가슴을 울리는 감동을 받는 건 흔한 일이었다. '아니, 연중행사로 벼르고 별러 간 전시나 공연에서도 이런 감동은 못 받아봤는데? 게다가 아무 정보도 없이 무작위로 고른 게 이런 퀄리티라니? 말도 안 돼!'를 속으로 외치며 내 발걸음은 계속 전시회와 공연장을 향하고 있었다.

그렇게 주섬주섬 여기저기를 기웃거리다 보니 상상했던 것보다 훨씬 큰 문화생활의 영역에 입이 쩍 벌어지고 말았다. 차라리 문턱이 높았다면 그쯤에서 멈췄을 텐데, 하필이면 대다수가 무료였고 저렴하게 이용 가능한 방법이 너무도 많았다. 공짜라면 사족을 못 쓰는 짠순이 심보와 한번 빠지면 답도 없는 덕질 근성이 합쳐져 자발적으로 구렁텅이에 빠져버리고 말았다. 한번 빠지면 헤어나올 수 없다는 뉴욕 문화생활의 구렁텅이에. 이젠 시간을 때우는 수단이 아니라 없는 시간도 만들어야 하는 수준이 되어버렸다. 그도 그럴 것이 굵직굵직한 이벤트만 쫓아다녀도 이미 한 계절은 훌쩍 넘기는 게 부지기수였다.

뉴욕 공연 문화의 상징이라 불리는 링컨센터Lincoln Center만 해도 그렇다. 메트로폴리탄 오페라, 아메리칸발레시어터, 뉴욕 필하모닉, 뉴욕시티 발레단의 공연뿐만 아니라 뉴욕 영화제, 여름 내내 열리는 각종 야외 공연, 줄리아드 음대 학생들의 리사이틀만 쫓아다녀도 1년이 금방 지나갈 정도였다. 거기에 클래식의 메카로 불리는 카네기 홀Carnegie Hall에서 열리는 거장의 공연들과 1년 내내 30개 이상의 공연이 성행하는 브로드웨이, 그마저도 다 봤다면 그보다 작은 규모의 오프 브로드웨이Off-Broadway, 더 소규모에 실험적인 요소를 가미한 오프 오프 브로드웨이Off-Off-Broadway의 쇼가 매일 밤 수십 개 이상 기다리고 있었다. 늦은 밤엔 뉴욕 곳곳의 유서 깊은 재즈바에서 감미로운 라이브 연주를 들을 수 있었고 스트레스가 잔뜩 쌓인 날엔 인디밴드의 공연에 몸을 맡기기도 했다.

여름이 되면 마음은 더 조급해진다. 거리 여기저기서 열리는 라이브 연주는 물론이고, 크고 작은 공원마다 열리는 일명 한여름 밤의 야외 영화관, 브라이언트 파크와 센트럴파크에서 열리는 셰익스피어 공연, 여름의 절정이라 불리는 뉴욕 필하모닉의 야외 공연, 내로라하는 가수들이 등장하는 서머 스테이지의 공연 등등 안 그래도 즐길 거리가 풍성한 여름에는 몸이 두 개라도 모자랄 만큼 수많은 공연이 쏟아져 내렸다.

미술관은 또 어떤가. 메트로폴리탄 미술관, MoMA, 구겐하임 미술관, 휘트니 미술관, 프릭 컬렉션, 뉴 뮤지엄, 브루클린 미술관, 누이에 갤러리, 쿠퍼 휴잇 미술관 등등 굵직굵직한 미술관을 방문하는 것만으로도 1년이 모자랄 지경이다. 거기에 전 세계 미술 시장을 쥐었다 폈다 하는 뉴욕의 갤러리는 그 수가 500개도 넘는다고 하니 매일 한 곳씩 방문해도 1년이 훌쩍 넘는 시간이 필요하다. 입장료도 없이 그저 문을 열고 들어가기만 하면 되는 갤러리에서, 앤디 워홀 혹은 모네와 같이 교과서에서나 봤던 작가의 작품과 마주치는 건 일도 아니다. 이 정도면 내가 왜 뉴욕의 문화생활을 '빠져나올 수 없는 구렁텅이'라고 부르는지 납득할 수 있지 않을까?

이렇게 행복한 구렁텅이라면 평생 빠져 살아도 좋을 것 같다. 비록 이 모든 걸 만끽하기에 나의 예술적 역량은 턱없이 부족하지만, 나 같은 사람도 이렇게 쉽게 예술을 접할 수 있는 환경에 그저 감사할 뿐이다. 적어도 더는 문화생활이 가뭄에 콩 나듯 열리는 연중행사가 아니라 내 일상 속 깊숙이 자리 잡았다는 것만으로도 행복하다. '꼬부랑 붓질은 고흐, 뭐든 녹아내리면 달리'라고 생각하는 등 작품을 바라보는 눈은 아직도 초딩 수준에 머물러 있지만. 나만의 시선으로 작품을 즐길 수 있게 됐다는 것만으로도 수확이 크다고 본다. 뉴욕에서 부릴 수 있는 가장 큰 사치, 뉴욕을 떠날 때까지 열심히 이 즐거움을 누리고 싶다.

~Tip~

뉴욕의 미술관 무료 관람

보통 10달러에서 30달러 사이의 입장료를 내야 하지만 대부분의 미술관은 일주일, 혹은 한 달에 한 번씩 무료입장 이벤트를 진행한다. 대신 인기 있는 전시가 열리는 곳은 붐빌 가능성이 크니 미리 가서 줄을 설 것. 꼭 미술관이 아니어도 좋다면 첼시나 소호, 어퍼 이스트 사이드처럼 갤러리가 많은 동네에서 '갤러리 투어'를 해보는 것도 추천한다. 규모도 작고 무료라 부담 없이 휙 둘러보기 좋다.

SIX
THE MUSICAL
WINNER! 8 TONY AWARDS
BEST MUSICAL
HADESTOWN
amazon music
GERARDO ORTIZ
DÉCIMO
ANIVERSARIO
AMERICAN EAGLE OUTFITTERS
GrandSlamNewYork.com
SUPPORT SMALL
BUSINESS
GRAND SLAM
NEW YORK

#19

뉴욕 문화생활의 하이라이트,
브로드웨이 뮤지컬

MAJESTIC
ST. JAMES
H&M
City KITCHEN

정말 우연이었다. 처음 브로드웨이 뮤지컬을 접한 건. 첫 계기는 친구가 로터리 티켓에 당첨됐다며 같이 가겠냐고 물어왔을 때였다. 들어보지도 못한 제목의 공연이었는데 단돈 35달러라는 저렴한 가격에 흔쾌히 "Yes!"를 외쳤다. 별 기대도 없이 배경도, 스토리도 전혀 모르고 갔다. 뉴욕에 왔으니 그 유명하다는 브로드웨이는 한번 봐야겠다는 단순한 생각이었는데 웬걸, 두 시간이 넘도록 무대에서 뿜어져 나오는 에너지와 화려함에 그야말로 홀딱 반해버렸다.

극장 전체를 장악하는 연기자들의 열정은 정말 대단했다. 연기면 연기, 노래면 노래, 춤이면 춤. 그야말로 만능 엔터테이너였다. 무대 연출은 또 얼마나 마술 같던지. 공연이 끝나고도 충격의 여운이 가시질 않아 밤새 흥분 상태였다. 그날 이후로 브로드웨이에 푹 빠져버렸고 결국 한 달에 몇 번이고 브로드웨이 극장을 찾을 정도로 열성 팬이 되었다.

한창 빠졌을 때는 매주 한 번은 공연을 볼 만큼 열정적이었는데, 그 말을 들을 때마다 사람들은 무슨 공연에 그렇게 돈을 쓰냐며 놀라곤 했다. 하긴 일반 티켓을 사면 한 편에 적게는 60달러부터 많게는 200달러가 훌쩍 넘으니 그렇게 생각할 만도 하다.

하지만 티켓을 저렴하게 구하는 방법은 생각보다 많았다. 로터리 티켓이나 러시 티켓처럼 극장 자체에서 제공하는 할인권뿐만 아

THOMSON REUTERS
THOMSON REUTERS
Hard Rock CAFE
LG

니라 '브로드웨이 위크Broadway Week' 같은 이벤트 기간에 티켓을 반값으로 구매하거나 당일 떨이 표를 구하는 방법도 있었다. 나는 나만의 룰을 정했다. 공연당 최대 50달러 이상은 내지 않기로 말이다. '굵고 짧게'보다는 '길고 가늘게' 가자는 마음이었다. 어차피 관광객도 아니라 시간만큼은 널널하니까. 보고 싶은 공연을 콕 집어 보기보다는 저렴하게 걸려드는(?) 공연을 무작위로 보는 경우가 많았고 덕분에 브로드웨이에서 열리는 거의 모든 공연을 다양하게 볼 수 있었다.

상황이 이렇다 보니 저절로 브로드웨이에 관한 기사를 찾아보게 되고, 매해 토니 어워드Tony Award 같은 시상식을 챙겨보는 건 당연지사였다. 일면식도 없던 뮤지컬의 세계에 점차 눈을 뜨면서, 어느 정도 안목도 생겼다. 이제는 지인들의 취향에 맞는 공연을 곧잘 추천해 주는 정도가 되었다.

뮤지컬을 대표하는 명작을 꼭 한 편 봐야겠다면 오랜 기간 사랑받으며 브로드웨이의 터줏대감 역할을 해온 〈오페라의 유령〉이나 〈시카고〉를, 영어를 잘하지 못해 혹여 내용을 못 알아들을까 걱정이라면 〈라이언 킹〉 〈알라딘〉 〈겨울왕국〉처럼 누구나 아는 디즈니 만화 원작 작품을, 이미 뮤지컬을 많이 봐서 좀 색다른 것을 원한다면 〈더 북 오브 몰몬〉이나 〈디어 에반 핸슨〉 같이 미국 현대 사회의 이야기가 담긴 작품을, 지루해서 잠이 들까 봐 걱정이라면 〈물랑 루즈〉나 〈마이클 잭슨 뮤지컬〉과 같은 흥 넘치는 작품을 추천한다. 이런 수많은 작품 중에서도 내가 가장 좋아하는 건 고전 영화를 원작으로 한 작품들이다. 어렸을 때 재밌게 봤던 〈귀여운 여인〉이나 〈미세스 다웃파이어〉를 스크린이 아닌 무대에서 배우들의 생생한 연기로 다시 보는 게 얼마나 색다른지 모른다.

이제는 작품 감상뿐 아니라 공연에 가기 전의 설렘, 공연장의 밀도 높은 공기와 분위기, 뜨거운 관중들의 호응 등 공연이 있는 저녁 시간 자체를 즐기게 되었다. 아무리 기분이 울적하더라도 이때만큼은 모든 걸 잊고 긍정적인 기운에 집중할 수 있는 마법 같은 시간이다. 특히 공연이 끝나고 커튼콜이 울리면 작품에 몰입했던 몸에 한순간 긴장이 풀린다. 기분 좋은 아드레날린이 온몸에 흐르는 이 순간의 짜릿함은 이루 말할 수 없다. 극장을 빠져나오면 마침 공연을 보고 나온 사람들로 타임스스퀘어에 발 디딜 틈이 없다. 다들 감동의 여운이 가시지 않았는지 상기된 채로 안 그래도 북적이는 타임스스퀘어의 밤에 활기를 더한다. 그럴 때는 밤공기를 폐 속 깊숙이 들이마시며 일부러 집까지 걸어가곤 한다. 뉴욕에 살고 있어 정말 다행이라고, 이런 일류 공연들을 매일같이 마주할 수 있어서 정말 축복이라고 되새기며 말이다.

PLAYBILL
NEW AMSTERDAM THEATRE
Disney
Aladdin

TROUBLE
Right here in
RIVER CITY
HUGH JACKMAN
MEREDITH WILLSON'S
THE MUSIC MAN
Morgan Stanley
WINTER GARDEN
HUGH JACKMAN
SUTTON FOSTER
HUGH JACKMAN
MEREDITH WILLSON'S
THE MUSIC MAN
SUTTON FOSTER
MORMON
TIMES SQUARE

Tip

브로드웨이 뮤지컬 티켓을 저렴하게 구하는 법

투데이 틱스 Today Tix

각종 티켓을 구입할 수 있는 사이트이자 앱. 시중보다 조금 저렴하게 구매할 수 있다. 다만 구역을 설정할 수는 있어도 좌석을 지정할 수는 없다. 종종 이 앱을 통해 극장에 직접 가지 않고도 러시 티켓을 구할 수 있는 뮤지컬도 있으니 잘 찾아볼 것.

로터리 티켓 Lottery Ticket

대다수 뮤지컬이 이 로터리 티켓 제도를 운영하고 있다. 말 그대로 복권처럼 추첨을 통해 당첨되면 티켓을 구매할 수 있다. 가격은 시중에 파는 티켓의 최저가를 넘지 않으니 가장 저렴하게 공연을 볼 수 있는 방법 중 하나다. 대부분 공연 전날부터 당일 아침까지 신청하고 공연 서너 시간 전에 당첨 결과를 확인한다. 당첨되면 지정된 시간 내에 티켓 구매를 해야 하고, 그 시간을 놓치면 다른 사람에게 기회가 넘어간다. 좌석은 랜덤으로 지정된다는 점을 참고할 것. 화요일, 수요일 같은 비교적 한가한 평일 공연과 낮 공연이 당첨될 확률도, 좋은 자리를 받을 확률도 높다. 뮤지컬마다 신청할 수 있는 웹사이트가 다르니 구글에 원하는 뮤지컬 제목 +Lottery Ticket을 검색해 찾아보자.

러시 티켓 Rush Ticket

로터리 티켓을 제공하지 않는 뮤지컬은 대부분 러시 티켓 제도를 운영한다. 공연 당일, 극장이 문을 여는 아침 시간에 맞춰 파는 저렴한 티켓이다. 수량이 한정되어 있어 아침부터 줄을 서야 하는 경우가 많은데, 인기 있는 공연은 새벽부터 진을 치며 줄을 서기도 하니 보려는 공연이 얼마나 인기 있는지 미리 분위기를 파악해 두면 도움이 되겠다. 가끔 안 좋은 자리를 배정받기도 하는 로터리 티켓에 비해 러시 티켓은 꽤 좋은 자리를 지정받는 경우가 많다. 가격은 로터리 티켓과 마찬가지로 시중에 파는 티켓의 최저가와 같거나 더 저렴하다.

ragrance.com
onal beauty • exceptional prices
EXPERIENCE
PRESS EXPRESS EXPRESS
EXPRESS EXPRESS EXPRESS
#nowordsnecessary
PALACE
LOL
TIMES SQUARE
COMEDY CLUB
ONE WAY

#VenetianMacao
MARRIOTT MARQUIS
ONE WAY
tkts
m

Grove St
the little owl

#20

영화 따라 뉴욕 산책

유난스러운 나의 덕질 이야기를 또다시 펼쳐보고자 한다. 일명 '뉴욕에서 일궈낸 덕후의 성공신화'라고나 할까.

뻔한 이야기지만 나도 미드와 할리우드 영화를 보며 뉴욕에 대한 환상을 가졌다. 그중에서도 내 유별난 덕질의 대상이 된 건 미드 〈프렌즈〉와 〈섹스 앤 더 시티〉였다. 어렸을 때 그 드라마를 보며 나도 언젠가 멋진 30대가 되어 뉴욕 한복판에 살면서 그들처럼 어른의 우정을 쌓아가고 싶다는 꿈을 꾸기도 했다. 그래서 진짜로 뉴욕에 오게 되었을 때, 동경했던 드라마 속 주인공이 된 것 같은 기분에 얼마나 설렜는지 모른다. 비록 생각했던 것과 달리 난 그렇게 멋진 30대가 되지는 못했지만 일단 30대를 뉴욕에서 보내고 있으니 그 꿈의 반은 이루어진 셈이다.

뉴욕에 도착해 적응을 끝내자마자 나의 덕후 기질은 다시 꿈틀꿈틀 모습을 드러내기 시작했다. 드라마 속 대사를 달달 외울 정도로 빠져 있던 나 같은 덕후가 그 배경이 된 본고장에서 가만히 있을 리가 없었다. 뉴욕에 오기 전에는 화면으로 덕질을 했다면 이제는 좀 더 업그레이드된 '현장 덕질'이 시작되었다. 그 어떤 드라마보다도 거리에서 촬영한 장면이 많은 〈섹스 앤 더 시티〉가 먼저 목표가 되었다. 주인공 캐리가 살았던 아파트는 물론이고 캐리와 친구들이 브런치를 먹던 레스토랑, 미란다가 맥주를 마시며 스티브에게 청혼했던 펍, 미스터 빅과 캐리가 빠졌던 호수 등 촬영지를 돌아보는 것만으로도 이미 멋진 뉴욕 관광 코스였다. 화면에서만 보던 풍경 속에 직접 들어와 있다니, 덕후로서 이보다 가슴 벅찬 일은 없었다.

그렇게 직접 찾아가고 뉴욕을 알아가며 다시 한번 드라마를 보니 예전에는 미처 알아채지 못하고 흘려들었던 대사들이 하나씩 이해되기 시작했다. '어퍼 이스트 사이드의 클래식 식스'가 어떤 곳이길래 캐리가 그토록 놀란 건지, 왜 '56th Street'와 '8th Ave'에는 아는 사람이 없을 거라고 말한 건지 뉴욕에 와서야 무릎을 '탁' 치며 이해할 수 있었다. 꼭 외국어에 귀가 뚫리듯 예전에는 미처 몰랐던 내용이 하나씩 이해가 될 때는 일종의 짜릿함마저 느꼈다.

아쉽게도 내 최애 미드인 〈프렌즈〉는 뉴욕에서 제대로 힘을 발휘하지 못했다. 대부분이 스튜디오 촬영이었을 뿐 아니라 심지어 그마저도 99%가 LA에서 진행됐기 때문이다. 그 소리를 듣고 얼마나 배신감이 들던지. 하지만 기다리는 자에게 복이 있나니! 고된 인내 끝에 드디어 축복이 찾아왔다. 마침 뉴욕에 '프렌즈 익스피어리언스 Friends Experience'라는 체험 시설이 오픈하면서 덕질의 끝판왕을 경험할 수 있게 된 것이다. 입장료를 내고 들어가면 드라마에서 보던 촬영세트장이 화면 속 모습 그대로 설치되어 있었다. 드라마에 대한 퀴즈를 풀기도 하고(물론 나 같은 덕후에겐 껌 같은 수준), 촬영의 비하인드 모습이나 시나리오 원고를 직접 볼 수도 있는 등 그저 꿈만 같은 시간이었다.

VERAME
TREAT
NYC

SERVICE
CENTRAL
PERK
The F·R·I·E·N·D·S
Experience
The One in New York City

그중에서도 최고봉은 뭐니 뭐니 해도 모니카와 챈들러의 집을 그대로 재현한 세트장! 세세한 디테일까지 완벽하게 살려놓아 얼마나 감탄했는지 모른다. 사진을 백만 장 찍고도 차마 발이 떨어지지 않아 나오는 길이 얼마나 아쉽던지. 나같이 아쉬워하는 사람들을 위해서인지 체험의 마지막 코스가 남아있었다. 실제로 운영되는 센트럴 퍼크Central Perk Cafe 카페가 있어 거기서 모니카 클린의 세정제로 손을 닦고 피비 할머니의 비밀 레시피 쿠키를 먹으며 아쉬운 마음을 달랬다.

대부분의 덕질을 미드에 할애했지만 사실 나는 1980~1990년대 미국 로맨틱 코미디 영화의 열렬한 팬이기도 하다. 최신 영화에서는 찾기 힘든 그 시절만의 몽글몽글한 감성과 따스한 풍경 덕에 기분이 우울할 때면 아직도 종종 그때의 영화들을 찾아보곤 한다. 그중에서도 〈유브 갓 메일〉과 〈해리가 샐리를 만났을 때〉를 무척이나 좋아하는데, 두 편 다 멕 라이언이 주인공이기도 하지만 모두 뉴욕이 배경이기 때문이다. 〈해리가 샐리를 만났을 때〉에 나오는 샌드위치 가게에서 주인공이 앉았던 자리에 앉아 똑같은 메뉴를 먹어보기도 하고, 〈유브 갓 메일〉에 나오는 서점이나(비록 지금은 세탁소가 자리를 잡았지만) 둘이 만났던 커피숍을 찾아가 보기도 했다. 특히 〈유브 갓 메일〉이 촬영된 어퍼 웨스트 사이드는 시도 때도 없이 산책을 하는 곳이라, 가끔 기분이 울적할 땐 꼭 내가 영화 속 주인공이라도 되는 양 영화의 발자취를 따라 걸으며 마음을 달래곤 했다.

겨울이 되면 나의 덕질 활동은 다시 바빠지기 시작한다. 크리스마스 분위기가 물씬 나는 영화 촬영지를 찾아 걸음을 재촉해야 하기 때문이다. 어릴 적부터 크리스마스만 되면 어김없이 TV로 〈나 홀로 집에〉를 봤듯, 뉴욕에 와서는 매년 12월이 되면 어김없이 〈나 홀로 집에〉 투어를 나서곤 한다. 비둘기 아주머니가 등장하는 센트럴파크의 다리부터 도널드 트럼프가 카메오로 나오던 플라자 호텔, 케빈이 처음 뉴욕에 도착해 관광을 다닌 라디오 시티와 월드 트레이드 센터

타워(지금은 원 월드 센터로 바뀌었다) 등 영화에서 보던 익숙한 거리를 한 번 쭉 둘러보아야 비로소 크리스마스 기분이 난다.

거기에 크리스마스 하면 빠질 수 없는 뉴욕 영화의 대명사, 〈세렌디피티〉도 빠뜨릴 수 없다. 혹여나 존 쿠삭 같은 남자와 우연히 마주칠까 기대하며(프랑스 양반 미안!) 블루밍데일스 백화점의 장갑 코너를 기웃거리기도 하고, 그 유명한 세렌디피티 카페에서 프로즌 핫 초콜릿을 마시며 영화 속 장면을 되새겨 보기도 한다.

뉴욕을 배경으로 하는 콘텐츠가 워낙 많다 보니, TV를 보다가 익숙한 풍경을 알아본 적도 한두 번이 아니다. 한번 시작하면 끝을 봐야 하는 유별난 덕질 때문에 몸과 발은 고생이지만, 그만큼 더 많은 곳을 방문하고 뉴욕에 대해 알아가니 마음만큼은 이보다 즐거울 수가 없다.

가끔 이곳 생활이 너무 익숙해져 뉴욕도 별 볼 일 없는 생활의 일부분으로 전락해 버릴 때가 있다. 그럴 때마다 이 '영화 덕질 산책'은 뉴욕을 어릴 적 TV 속에서 봤던 동경의 대상으로 다시금 반짝반짝 빛나게 해준다.

V78•LEG

Tip

〈섹스 앤 더 시티〉의 말말말

"A classic six on the Upper East Side with a terrace and a view of the park."

작은 만화 가게를 운영하는 젊은 남자가 '어퍼 이스트 사이드'의 '클래식 식스'에 사는 걸 보고 캐리가 놀라워하는 장면이 나온다. 알고 보니 부모님 집에 얹혀사는 신세였지만 말이다. 어퍼 이스트 사이드가 얼마나 대단한 부촌인지, 그중에서도 대표적인 프리워 빌딩 중 하나인 클래식 식스(6개의 방) 형태 아파트가 부자들에게 얼마나 인기 있는지, 뉴욕에 와서야 그 말뜻을 알게 되었다.

"Nobody knows us on 56th and 8th."

캐리와 미스터 빅이 은밀하게 불륜을 저지를 때 이 동네에선 아무도 우리를 모를 거라며 일부러 56th Street와 8th Ave에 있는 호텔을 잡았다는 대사가 나온다. 그게 무슨 말인가 했는데 직접 그 동네에 가보니 고개가 끄덕여졌다. 유행에 민감하고 화려한 삶을 사는 두 사람과는 전혀 어울리지 않는 수더분한 동네였던 것.

SUNRISE

#21

어느 하나 놓칠 수 없는
사계절

'뉴욕에 놀러 가기 가장 좋은 계절은 언젠가요?'

아마 뉴욕에 살면서 지인들에게 혹은 SNS를 통해 가장 많이 들었던 질문이 아닐까 싶다. 마음 같아선 '뉴욕은 XX에 오시는 게 최고예요!'라고 깔끔하게 말하고 싶은데 안타깝게도 그럴 순 없다. 왜냐면 어느 한 계절도 놓칠 수 없을 정도로 1년 내내 매력 만점인 곳이니까.

입장을 바꿔 내가 뉴욕을 떠난 후 나중에 다시 놀러 온다면 어떤 계절에 오고 싶을까 곰곰이 생각해 봤다. 역시 금방 답이 나오질 않는다. 각 계절에만 즐길 수 있는 것들이 한가득인데, 그 어느 하나도 포기할 수 없기 때문이다. 그래서 질문에 대답하는 대신 계절별로 좋아하는 뉴욕의 풍경과 볼거리를 하나씩 되새겨 보기로 했다. 물론 내 취향과 사심을 가득 담은 기록이지만, 혹시라도 뉴욕 방문을 계획 중인 사람에게 조금이라도 도움이 됐으면 하는 바람이다.

기나긴 겨울이 끝나고 따스한 햇볕이 비추기 시작하는 봄은 겨울잠을 자던 도시가 깨어나는 계절이다. 겨우내 무채색이었던 풍경이 진분홍의 목련과 연분홍의 벚꽃으로 뒤덮이면서 도시에는 생기가 돌기 시작한다. 벚꽃이 만개한 센트럴파크에서 따스한 봄 햇살을 즐기는 피크닉을 시작으로 내 마음은 조급해진다. 여름이 다가오기 전, 관광객들이 몰려들기 전에 하루빨리 이 도시를 맘껏 즐겨야 하기 때문이다. 그래서 관광객에게 인기가 많은 브로드웨이 쇼나 미술관을 미리미리 가두는 시기이기도 하다. 가끔 변덕을 부리긴 하지만 춥지도 덥지도 않은 적당한 날씨에는 그저 야외 테라스에서 브런치를 먹거나 커피를 홀짝이는 것만으로도 즐거워진다. 거기에 성 패트릭 데이나 부활절을 맞아 열리는 별난 모자 퍼레이드 같은 이벤트들이 하나둘 시작되니 주말엔 거리를 구경하는 것만으로도 바빠진다.

유난히 덥고 습한 뉴욕의 여름이지만 그만큼 사람이 몰리는 데에는 다 이유가 있다. 크고 작은 공원마다 온갖 야외 콘서트가 열리고 어딜 가도 해질 때까지 라이브 연주나 퍼포먼스가 끊이질 않는다. 워낙 무료 공연이 많아 매일 하나씩 골라 다니기만 해도 한 달 스케줄이 꽉 찰 정도. 그중에서도 꼭 빠지지 않고 참석하는 건 깜깜한 밤, 공원에서 열리는 야외 영화관. 특히 브루클린 브리지 파크에서 맨해튼을 배경으로 영화를 보는 한여름 밤은 그야말로 환상적이다.

브라이언트 파크의 여름도 빠뜨릴 수 없다. 이른 아침 수많은 사람과 함께 요가를 하고, 해 질 녘에는 돗자리를 깔고 앉아 셰익스피어의 연극을 본다. 뉴욕 곳곳에서 무료로 빌려주는 카약을 타며 강바람을 즐기거나 크루즈 위에서 석양을 즐기는 등 다양한 야외 활동에 무료할 일이 없다. 봄에는 브런치를 즐겼다면, 여름엔 해 질 녘

테라스에 앉아 시원한 맥주로 땀을 식힌다. 해가 길어 밤 10시가 넘어도 활기찬 거리의 분위기마저 즐거운 계절. 레스토랑 위크도 있으니 가격이 부담되어 망설였던 고급 레스토랑에 도전해 볼 수 있는 시기이기도 하다.

'뉴욕' 하면 역시 가을이 가장 먼저 떠오른다. 나무들이 하나둘씩 옷을 갈아입기 시작하고, 얼마 지나지 않아 온 도시가 노란빛과 주황빛 향연을 이루는 절정에 이른다. 이때는 그저 거리를 거니는 것만으로도 눈이 부실 지경이다. 특히 매일 센트럴파크를 정처 없이 마냥 걷고 싶은 계절. 핼러윈 전후에는 호박과 유령으로 뒤덮인 주택가를 구경하는 재미도 쏠쏠하다. 메이플 라테나 펌킨 파이 같은 가을 한정 메뉴를 찾아 먹는 것도 하나의 즐거움이다. 점점 쌀쌀해지는 날씨에 밖에만 있기엔 다소 춥지만 대신 메트로폴리탄 오페라나 뉴욕 필하모닉 같은 굵직굵직한 공연들이 대거 시작되는 때라 실내에서도 즐길 거리는 충분히 많다. 관광객이 가장 많은 계절이지만 브로드웨이 위크 덕에 나름 저렴하게 티켓을 구매할 수 있는 절호의 기회이기도 하다. 밖에서도 안에서도 즐길 거리, 볼거리가 풍성하니 하루하루 지루할 날이 없는 계절, 가을이다.

뉴욕의 겨울은 도시 곳곳에서 열리기 시작하는 야외 아이스링

크와 크리스마스 마켓으로 일찌감치 시작된다. 물론 하이라이트는 록펠러센터의 크리스마스트리 점등식. 11월 말부터 이미 크리스마스 분위기로 한껏 들떠있는 상태다. 5번가의 화려한 크리스마스 장식을 구경하거나 크리스마스 마켓에서 따뜻한 핫 초콜릿을 마시는 등 아무리 칼바람이 불어도 밖에서 즐겨야 할 것들이 태산이다. 크리스마스 시즌이 끝나면 거리는 다소 썰렁해지지만, 이때야말로 뉴욕의 온갖 공연과 미술관을 섭렵할 수 있는 좋은 기회다. 저렴한 로터리 티켓에 당첨될 확률도 눈에 띄게 높아지고 브로드웨이 위크로 반값 티켓을 구할 수 있으니 겨울은 그야말로 문화생활에 올인하기 좋은 계절이다. 재즈바의 공연이라든가, 카네기 홀의 클래식 공연 등도 이 시기에 열심히 다니며 겨울 내내 밖을 나돌아 다니느라 소홀했던 문화생활의 공백을 메꾼다. 거기에 운 좋게 눈이라도 펑펑 내리면 낭만이 더해진다. 비록 밖을 돌아다니기는 고되지만, 모두가 잠든 고요한 밤, 새하얗게 변한 센트럴파크를 걷고 있자면 꼭 영화 속 주인공이라도 된 기분이 든다.

이렇게 열심히 계절마다 좋아하는 것들을 나열하고 보니 내가 얼마나 이 도시를 사랑하는지 다시금 실감한다. 4년 남짓, 길다면 길고 짧다면 짧은 시간. 얼마나 더 뉴욕에 살게 될지는 아직 모르지만, 하루하루 최선을 다해 이 도시를 즐겨야겠다고 다시금 다짐해 본다.

Tip

정말 꼭 한 계절만 골라야 한다면?

'엄마가 좋아? 아빠가 좋아?'만큼이나 대답하기 곤란한 질문이지만 굳이 꼭! 한 계절을 골라야 한다면 역시 가을과 겨울 사이를 추천한다. 뉴욕의 단풍 시기는 생각보다 늦어서 11월 중순쯤이 되어서야 절정에 이르는 경우가 많다. 그래서 11월 중순과 12월 초 사이에 여행을 온다면 단풍은 물론이고 추수감사절 장식과 퍼레이드, 운이 좋다면 록펠러센터의 크리스마스 점등식과 크리스마스 마켓까지 만날 수 있다. 이때가 내가 생각하는 뉴욕의 알짜배기 볼거리를 한 번에 즐길 수 있는 절호의 시기다.

5 Av

뉴욕에 대한 나의 첫인상은 어딜 가나 사람들이 참 수다스럽다는 것이었다.
도착한 지 얼마 안 돼 분명 아는 사람도 없는데,
어찌 된 일인지 난 항상 어디서나 수다를 떨고 있었다.

BRYANT PARK

즐길 거리가 풍성한 여름에는
몸이 두 개라도 모자랄 만큼 수많은 공연이 쏟아져 내렸다.

RICARD
RICARD
TASTE OF GOA

수많은 책에 둘러싸여 진득한 종이 냄새와
커피 향을 맡으며 보내는 시간은 그야말로 행복 그 자체다.

날씨가 좋을 땐 콧노래를 흥얼거리며 찬란한 햇빛을 만끽했고, 비가 내릴 땐
우산 위로 톡톡 떨어지는 빗방울 소리를 들으며 비에 젖은 진한 흙냄새를 즐겼다.

헬러윈 전후에는 호박과 유령으로 뒤덮인 주택가를 구경하는 재미도 쏠쏠하다.
메이플 라테나 펌킨 파이 같은 가을 한정 메뉴를 찾아 먹는 것도 하나의 즐거움이다.

센트럴파크는 내 일상 깊숙이 자리 잡았다.
계절에 따라, 날씨에 따라 수많은 얼굴을 보여주지만
내가 가장 좋아하는 모습은 단연 이른 아침의 풍경이다.

아직도 매일이 새롭고 즐겁다.
여태껏 여러 나라를 거쳐오며 많은 도시에서 살아봤지만 역시 뉴욕,
그중에서도 맨해튼은 특별하다.

haruday
in New York

01.
생활 속 뉴욕,
파머스 마켓

02.
한여름,
뉴욕 야경과
함께 즐기는
야외 영화관

03.
고양이가
살고 있는
오래된
빈티지 책방

04.
눈 내리는 날
북카페

05.
댕댕이들의
천국,
반려견
전용 공원

06.
크리스마스를
맞아
나 홀로 집에
투어

07.
선셋 보며
브루클린
브리지 걷기

08.
나 홀로
미술관 산책

09.
섹스 앤 더 시티
촬영지 투어

10.
뉴욕의
길냥이 돌보기

11.
가을의 절정,
노랗게 물든
센트럴파크

12.
하루 만에
뉴욕 한 바퀴

뉴욕에 살고 있습니다

초판 1쇄 2022년 8월 16일
초판 4쇄 2022년 12월 12일

지은이 하루

발행인 유철상
편집장 홍은선
기획 조종삼, 윤소담
책임편집 김정민
디자인 박미영, 노세희, 주인지
마케팅 조종삼, 김소희
콘텐츠 강한나

펴낸곳 상상출판
출판등록 2009년 9월 22일(제305-2010-02호)
주소 서울특별시 성동구 뚝섬로17가길 48, 성수에이원센터 1205호(성수동2가)
전화 02-963-9891(편집), 070-7727-6853(마케팅)
팩스 02-963-9892
전자우편 sangsang9892@gmail.com
홈페이지 www.esangsang.co.kr
블로그 blog.naver.com/sangsang_pub
인쇄 다라니
종이 ㈜월드페이퍼

ISBN 979-11-6782-086-0 (03810)
©2022 하루

※ 가격은 뒤표지에 있습니다.
※ 이 책은 상상출판이 저작권자와의 계약에 따라 발행한 것이므로
본사의 서면 허락 없이는 어떠한 형태나 수단으로도 이용하지 못합니다.
※ 잘못된 책은 구입하신 곳에서 바꿔 드립니다.